혼자 걸어도
홀로 갈 수 없는

빗방울화석 백두대간 시집

혼자 걸어도
홀로 갈 수 없는

시 앞에

  '빗방울화석' 시인들은 공동 체험을 살려 시를 쓴다. 그동안 생명의 원형을 그대로 간직한 산늪과 원형이 훼손된 매향리 등 미군 기지 현장을 답사하면서 틈틈이 백두대간과 정맥을 탔다. 2004년에는 관폭정과 만물상 초입에서 '백두대간 금강산 시화전'을 열기도 했다. 종주 개념으로 대간을 타지 않고 산 하나하나를 다 올랐기 때문에 이 시집이 나오기까지 오랜 시간이 걸렸다. 그러나 분단의 아픔을 되새기는 귀한 시간이 되었다.

  여기 모은 시편들은 백두대간 시 줄기 속에 섞여 있을 때 더 힘을 받는다. 대간 줄기 답사도 같이 했고 현장 체험도 같이 했기 때문에 소재와 표현의 중복을 피하려고 각자 차별성에 역점을 두어 작품을 썼다. 그래서 우리가 쓴 시들은 서로 스미고 깊이를 재고 합류하는 역할을 한다.

  시집 속의 시편들은 모두 공동 체험으로 빚은 한줄기 단층 시들이다. 체험 줄기에서 벗어난 시편들은 행간의 고통이나 침묵, 혹은 고독이나 방황으로 읽힐지도 모른다. 그러나 대간길에 올라본 사람이라면 그런 삶의 기척 없이 대간길을 오를 수 없다는 사실을 잘 알 것이다.

　대간길은 어디서 올라도 지리산부터 오르는 길이고 생이 흔들리지 않으면 오를 수 없는 길이기 때문에 우리는 이따금 그곳이 여백인지도 모르고 뜨거워진 머리를 행간에 묻고 또 묻을 수밖에 없었다. 우리의 시가 행간에서 시작해서 행간에서 끝난다 해도 시를 읽는 분들은 누천년 골목길을 잇고 이어 어디서든 대간길로 접어들었으면 좋겠다.

2018년 빗방울화석

차례

덕유·속리산줄기

소백·태백산줄기

오대·설악산줄기

향로봉·금강산줄기

백두산줄기

지리산줄기

지리산 1

신대철

아이들이 달려간다.

길이 올라온다.

데미샘에서 망덕포구로 떨어지던 섬진강이 소리 내어 흐른다. 모래더미에 풀꽃 피어나고 버드나무 옆에 흑염소 옆에 호박덩굴이 뻗어간다. 이슬 헤치며 호박잎과 애호박을 따다 끌려가던 아저씨도 보인다. 눈 부라리던 어린 인민군은 남하하다 어찌 되었을까? 살아 있다면 인민재판은 잊어버리고 그집 아이들과 피라미를 몰던 맑은 냇물만 기억하고 있을까?

아이들은 푸르게 달리고
피라미 떼는 물 밑바닥에서
은비늘 반짝이고

여뀌 풀에 기대어 둥둥 떠다니는 물거품, 하얀 재*, 불쑥 빗점골이 다가온다. 하늘이 점점 줄어든다. 나도 보았다 보

이지 않는다. 합수내 흐른바위에 이르자 새가 운다. 물이 물
을 흔들다 흰 구름을 울린다.

그해 방위군 열한 명이 포승줄에 끌려갔다. 아저씨는 물
건너는 순간 달아났다가 금시 잡혀왔다. 산으로 질질 끌려간
뒤 해가 떠올랐다. 타다탕. 그 이듬해 빨치산 열한 명이 학교
앞에 가마때기에 덮여 있었다. 뗏물이 흐르는 발목만 삐죽
나와 있었다. 누가 말했다던가? 나 죽으면 지리산에 묻어줘.
공동묘지에 버리지 말고.

한 번도 세어본 적이 없는데
죽은 사람은 정말 열한 명이었을까?
작은삼촌과 큰삼촌이 다투면서
나 몰래 기억 속에 넣어둔 숫자일까?
혼을 빼앗기면 짐승처럼 끌려가
짐승처럼 죽는다고?

총알같이 날아갔던 새
다시 합수내 흐른바위에 앉아 운다.

* 이현상은 1953년 9월 17일 빗점골 합수내 흐른바위에서 사망(북한의 혁명 열사
  릉)한 뒤 서울교도소로 옮겨졌다가 10월 18일 화개장터 앞 섬진강 변에서 화장
  되었다. 그의 뼈는 당시 서전사 2연대 연대장이었던 차일혁이 철모에 넣고 M1
  소총으로 빻아 섬진강 물에 뿌렸다고 한다. 그때 독경하신 스님은 누구였을까?

지리산을

손필영

초여름 물안개가 올라갑니다.

그때 오래전 한 시인이 물길에 휩쓸렸다던 뱀사골에서 당신을 처음 봅니다. 산사태 흔적을 간간이 지나 당신을 느껴 봅니다. 두려웠습니다. 당신은.

안개 걷히고 빗속에 서 있는 당신은 순결한 입김처럼 다가왔습니다. 그 후 노고단으로 실상사로 반야봉으로 이름도 모르는 들판을 가로질러 당신이 내려오는 자락으로 기웃거렸습니다. 하동 들녘에서, 섬진강에서 당신은 어머니처럼 품이 넓었습니다. 당신에게 안기려고 새와 나무와 바위와 같이 오르내렸습니다. 당신 품에서 콘크리트 숲으로 돌아오면 조금씩 가벼워지는 내가 기다리고 있었습니다.

자욱하게 안개 가린 날 당신에게서 매운 기운이 번져 나왔습니다. 이 기슭, 저 기슭, 비트, 루트, 버려진 밥숟갈 같은 목숨들이 뒹굴었던 계곡, 대숲, 이현상. 아, 당신이 오랫동안 묻어둔 것이 보이기 시작했습니다. 자세히 보니 당신 몸엔 온통 그들이 찍혀 있었습니다. 당신은 죽을 수 없어, 몸을 지우고 살았던 자들의 지리산이었습니다.

높고 맑은 산을 오르려는 자 밀어내고
덕유산으로 오대산으로 오르는 자
길들이는 지리산이여
핏빛
백두산으로
은빛으로 솟구쳐 오르시라

쌀을 씻다가
—지리산 1

이성일

너럭바위에 확을 파고
그분들은 거기서 무엇을 갈았을까?

쌀을 씻는다. 쌀 씻는 소리가
백운산 계곡 물소리와 겹친다
생쌀 움켜쥔 손이
폿돌처럼 단단해진다

여순사건 때 반란군들이 머물렀다는, 옥룡면 심원마을 동
곡분교 터쯤에서 쌀뜨물을 버린다. 영문도 모른 채 죽여야
할 제주도 사람들의 얼굴이, 고향에 두고 온 가족들의 얼굴
과 겹쳤던 걸까? 아니면, 군인은 군인과 싸워야 한다고, 군인
이 민간인을 죽이는 건 죄악이라고 생각했던 걸까?

학살과 반란 사이에서 넘치던 죄가 수챗구멍을 빠져나간
다. 수도를 틀자 물소리 산으로, 백운산 계곡으로 역류한다.
산죽에 묻힌 진지며, 돌 더미가 무너져내린 무개호가 보인

다. 거기다,

살길 없어도 살아지는 시간들과 남은 식량과
자책하고 후회하고 분노하던 자신을
확독에 쓸어 넣고 이 갈듯
퐆돌로 갈아가며 민족 앞에
죄 앞에 흐려지던 신념을 돌려세우며
백두대간 쪽으로 산길을 하나씩
살길로 바꾸고 있었던 건 아닐까?

백운산 꼭대기에 뜨물처럼 떠 있던
지리산 능선이 밥물 높이에서 잘박거린다.

강물 거슬러

매미 소리 달군

햇빛 사위고

노을 밀려오기 전

고운 섬진강 모래에 발 담근 아이들

눈빛이 유속으로 흐른다

강물이 오고 있는 곳엔 엷은 빛에 휩싸인 지리산 줄기

아이들과 함께 손가락 들어 저 힘찬 능선들을 따라 그려본
다

산 위에 길이 있대, 계속 걸어갈 수 있대, 북쪽으로,

저 산들이 시작된 높은 곳으로

빛이 너울지며 어두운 모래알로 가라앉는 동안

나는 강물을 거슬러 걸어본다

물결이 육중한 바람의 힘으로 발목을 잡을 때, 반짝,

소백산 초원 야생화들이 흔들리며 피어나고,

태백산 숲 푹신한 낙엽송 길이 정강이까지 올라온다

그 뒤론?

노을을 삼키고, 확
그 뒤론?
산도 지우고, 확
까맣게 몰려오는 어둠

내 앞으로 쏜살같이 강물을 가르며
철책선이 그어진다

왕등재늪

조재형

물봉선, 산국 피는 화전터를 지나
숲으로 들어서
우뚝선 노각나무 홍황색 얼룩무늬 새기는 사이
미역줄기나무 덩굴에 휘감기어 만나는 산늪

산늪을 조여오는 졸참나무 졸참나무에
흔들리는 억새
억새에 앉아 균형을 잡던 꼬마잠자리
산부추에 내려와 앉고
꼬마잠자리 따라가던 그대는
산사초 사이 물매화 꽃잎 피우는 소리에
귀 기울이는 동안
소년이 되어 산늪을 피워내네

게아제비, 잠자리난초, 제비나비

고드름

백무동 지나
두지터 지나
상처 입은 몸뚱이로 들어서면

소독약 같은 겨울볕
마당 양지가 아릿하다

가만
지리산이 내려다본다

불길을 뚫고 천왕봉에서 노고단으로 봉우리마다 영마다
골짜기마다 떠돌다 해마다 거꾸로 솟구치는,
벽송사* 불당 처마 끝
영혼, 영혼, 영혼

*   지리산 칠선계곡에 있는 절로 6·25전쟁 때 빨치산 야전병원으로 사용되기도 했
    다. 벽송사에 빨치산을 가두고 불에 태운 토벌대는 1951년 2월 7일 거창으로 향
    했다고 한다.

허정가*

조재형

맨몸으로도 오르기 힘든 고갯길
산더미 같은 살림살이 지게에 짊어지고
장군목을 넘어가는 그대
지게 한번 지고 싶다는 말을 하자
어려운 고비 다 넘기고
고갯마루 올라서서 지게를 건네주네

옛사람들은
소금 지고 벽소령을 넘어오고
곡식 지고 쑥밭재를 넘어왔다는데
옛길로 접어들수록 지게 무거워지네

그대 앞마당에 지게 내려놓고
집 벽에 써놓은 좌우명 읽어보네
'두지터 허정가 최상의 교의는 자유이다'
자유를 위해 겹겹이 산속에 자신을 가두어놓고
차를 끓이며 두지터의 역사를 이야기하네

항일 독립운동가 이현상 동지를
국골 너럭바위에서 연설하던 이현상 동지를
말끝마다 동지를 붙이네

역사 속에서 누군들 자유로울 수 있으랴
그대가 갈망하는 자유가
자유로울 수 없음에서 오는 것을
얼음을 뚫고 쏟아지는 폭포에서 보네

* 허정가虛靜家는 지리산 두지터 마을에 있는 김성언 씨의 집이다.

장터목에서

장윤서

산 아래
나에게서도 멀리
꽃도 지우고 별 달 잊고서
어찌어찌 버텨왔습니다

나 지리산 간다

는 누군가의 말
한새벽 천왕봉 일출에
설레고 급한 발걸음처럼
말꼬리 훌쩍 올린 말 들자마자
노고단처럼 고독해졌고
반야봉처럼 쓸쓸해져서,
죄송합니다 좀 늦었지요
한동안 망설이고 흔들리다
이렇게 다시 찾아옵니다

이 산은
간다는 그 산은
예나 지금이나
숨으려고 가는 산이 아니라
쓰러지려 가는 산이 아니라
무언가를 바꾸려고 가는 산
시작하는 산
살려고 가는 산

함께하는 산?

온 곳이며 억양 달라도
이 넉넉한 능선이
바라는 내일에 펼쳐지길 고대하는 사람들

아수라장 같은 삶
불쑥 여기가 솟아난 이들입니다

죽지 않고 살아왔다는 것만으로
덕을 쌓은 거라
어떻게 좀 안 되겠습니까?

선잠을 내놓겠습니다
좀 깎자 박하게 굴지 마시고
두서너 달 버틸 수 있게
넉넉한 햇살 좀 올려주소서

대숲이 웅성댄다
— 백무동 인민군총사령부 터에서

박성훈

눈 덮인 산
입구는 없었다.

파편으로 흩어진 기억 같은
이끼 낀 돌담 뒤에
남루한 자본의 옷을 걸친
인민군 마네킹뿐
앞에도 뒤에도 어디에도
적군은 없었다.

사라진 돌담을 타고
이 땅 곳곳에 스며든 뜨거운 핏물은
굳어 플라스틱이 되어야 했나.

누구일까,
나뭇가지에 쌓인 눈덩이 툭 떨어뜨리고
대숲으로 황급히 숨어든 이는.

누가 심었을까,
이 겨울 눈밭에
고추 하나 빨갛게 여물었다.

죽은 자도 없고
산 자도 없는 땅.

얼음덩이 응어리진 돌절구를 스친
바람이 웅성댄다.
대숲이 흔들린다.

걸어온 길 말고 나가는 길은 없었다.

언 바람 속

손필영

새들이 쪼아 먹은 홍시에 노을빛 모두 배어들고
쌍계사 입구를 스치는 물소리 점점 커질 때
하동으로 흘러가다 섬진강 줄기를 타고 거슬러
거슬러 온 아주머니들이 언덕에 좌판을 벌이고 있다,
곶감 쑥엿 반 발효차 그 옆 어디선가
가뭄 탄 손이 내 옷깃을 잡아끈다, 끌릴수록 지워져가는
손끝,
순간 내 허리춤에 달고 온 섬진강 한 자락이 찢어진다,

강가 바랜 대숲에서는
스스스스 스스스스
섬진강이 우리를 관통하며
언 바람 속에서 흐르기 시작한다.

벽소령에는 빨간 우체통이 있다

김일영

벽소령 빨간 우체통에는
배달되지 못한 사연들이 있다
사연 하나 꺼내어 읽는다는 것은
봉오리 하나 가슴에 품는 일이다
사연 하나
형제봉이 솟는다
벽소령이 더욱 깊다

벽소령에 오르는 순간
밤새 쌓였던 눈발들이
바위에서 소나무에서 무너져내리면
우체통에서 흘러나오는 쓸쓸한 사연들
차오르는 침묵
지리산이 꽉 찬다

산으로 떠밀려 들어온 가난한 사람
조릿대잎으로 사는

산으로 숨어든 이상을 좇던 사람
빗점골 너덜 지대에 맑은 물로 흐르는
맨눈으로 보기엔 버거운 일이다

가슴으로 봐야 할 일이다

해발 1400미터
벽소령에는 빨간 우체통이 있다

빗점골

윤석영

길 잃은 영혼 품어주고
상처받은 영혼 보듬어주는
어머니의 땅, 지리산

밤새 휘몰아치던 눈보라 그치고, 스산한 바람 소리 개 짖
는 소리도 그치고 움직이는 건 점점이 흩날리는 가루눈뿐.
의신마을 지나 눈 덮인 너덜경 지나 잡목들 지나 골들이 모
이는 곳에, 빗점골 합수내, 남부군 빨치산 총사령관 이현상
비트

지리산으로 들어간 그해 겨울은 얼어붙었으리. 그다음 해
에도 어김없이 얼어붙었으리. 달빛 아래 함박눈은 쏟아져내
리는데 시시각각 달라지는 상황, 달라지는 지령, 습격과 추
격전, 은신, 그리고 다짐, 그러나 휴전, 홀로 남겨진 이현상

언제 내 마음속에서 조국이 떠난 적이 있었을까
가슴에 단단한 각오가 있고 마음엔 끓는 피가 있도다*

최후의 그날 빗점골에는 벽소령 달빛이 쏟아졌으리. 달빛
보다 푸르게 조국과 혁명이 가슴으로 파고들었으리. 그에게
조국이란 무엇이었을까? 식민지의 아들로 태어나 분단 조국
에서 산화한 불운한 혁명가 화산 이현상

지리산에 한 영혼이 왔다 가고
벽소령 달빛 아래 빗점골에는 푸른 눈꽃이 피고 진다.

---

* 1953년 9월 18일 이현상이 사살된 채 발견되었을 때 그의 품속에서 나온 한시의
  일부이다.

삼정三丁에 날리는 눈

이승규

검은 구름 검은 눈

제설차가 지난 자리엔 뭉개진 바퀴 자국
눈발에 뿌려진 가는 흙모래

빗자루와 나란히 선 아저씨 옆으로
음정 아이 따라 양정에서 온 아이도
썰매 타고 미끄러진다
아슬아슬 모퉁이 피해 눈구멍에 콰당,
부둥켜 뒹굴며 까르르르
하정에서 올라온 나도 어느새 웃고 있다

아저씨는 벽소령 길가
수그러진 지붕을 가리키며
저 집에서 태어나 여태까지 용케 살아왔다고
전쟁 땐 군인들 몰려와 죄 없는 사람 죽이고 집들 불태웠
다고

세월이 죄라고
눈 위에 엉킨 눈을 연신 쓸어내신다

아이들이 지나간 비탈 위로
또다시 날리는 눈, 눈
길 속에 스며든 무수한 발자욱들 더듬다
당나무 가지 스쳐 불빛과 집터를 맴도는가

산 이는 눈을 맞고
죽은 이는 검은 눈발이 되어
아득하게 흩날리는가

노루목

산에서 내려온 사람들이
마을 사람들을 죽창으로 찔러 죽이는 것을
볏짚 더미 속에 숨어서 보았다고
그들은 인간도 아니라고
고개를 가로젓고 마시는 아버지

해가 지면 마을을 조여오며
버려진 마을 길로 몰려다니던
그 무거운 침묵들을 나는
바람이 날카로운 노루목에서 보네

죽창 끝에서 튀던 붉은 피
반야봉 너머로 넘기고
말을 잇지 못하시던 아버지의 기억
노고단 너머로 넘기니
바람도 내려앉네

산에서 내려온 사람들도
마을 사람들도 아버지의 기억도
이제는 백두대간에 스미어
서로의 넋을 위로하는 이정표가 되어야 하네
노루목이 백두로 가는 길을 내네

지리산 눈사진

최수현

코 끝 매운 눈 길
지리산 산줄기는 냉기로 얼어붙었다.
폐부 깊숙이 들어차는 겨울 산
대간으로 흐르는 눈 덮인 빛 능선

노고단에서 눈사진을 찍었다.
어지럽게 가라앉는 눈밭
몸 자국이 선명하다.
머리 어깨 팔 다리 손목
성하게, 어디 하나 잘린 곳 없이
대간에 불려나온 눈사진.

냉기를 찢으며 울려오는 사이렌 소리.
일제히 책상 밑으로 오그라드는 아이들.
빛의 속도로 시드는 나무의 판타지.
빨간 늑대 북한군이 쫓아오던 골목길,
그 꿈의 끝에서 우린

사루비아 꽃 꿀물을 빨며 들었네.

소문의 광주를.

그리고 퀴퀴한 영웅들의 기념관.

학교를 빠져나와 홀로 맨 앞에서 보던 조조영화들.

최루탄에 눈물 흘린 도로를 건너

소련이, 베를린 장벽이 무너지고

봄이 온 목련나무에 수의처럼 일렁이던 흰빛.

불에 탄 젊은 죽음들의 기억.

한강 다리가 두 동강 나고

백화점이 허물어지고

꿈이 허락되지 않았던 청춘이 헤맨 거리를 지나

날이 갈수록 쓰라린, 벗겨진 피부처럼 '여성'을 입고

침몰하는 세월호를 고독과 심연 사이에 묻고

여태 살아남아 선명한, 초라한 몸 자국.

저 미안한 기적

눈사진을 바라보면 바라볼수록

뭉쳐진 뜨거운 숨결아 옆을 스쳐간다.

부드러운 눈물은 단단히 얼려버리라고

기적은 혼자의 것이 아니라고

대간 숨결을 기억하라고

노고단

김일영

구름 밑으로 바짝 엎드린 길이
축축한 제 모습을 돌아본다
더 이상 뻗어나갈 수 없는 지점에 이르러
이내 제 몸뚱이 속으로 숨는다

길이 길이 되지 못하고
제 속에 숨은 저 멈춤은
서로에게 겨눈 총구에 사살된 소통
노고할머니의 깊게 패인 이마의 주름

노고단 돌탑과 함께 쌓여 있는
가난한 영혼들의 처절한 외침, 절규
많은 사람들이 산으로 들어오고
산에 묻히며 많이 울었으리 울음 없는
세상을 꿈꾸며 들어왔을까 지리산에

길은 누군가 지나지 않으면

스스로 자신을 지워야 하는
생사의 갈림길에서 꺼억꺼억 울음운다

음울한 구름 아래 가늘게 뜬 저 서늘한 눈빛
끊긴 길이 꿈틀대고 있다
살아내느라 한쪽 방향으로만 자란
구상나무가 끊긴 길 속으로 뛰어든다

구름을 밀어내며 숨었던 길이 길을 낸다
길은 마을로 향해 있고
혹독한 겨울을 견뎌낸 구상나무가
꿈인 듯 손을 흔들고 있다

지리산에 가려다가

김연광

지난밤 화엄사 아래
지리산 간다고 와놓고 깨보니 한낮
오일장 팥칼국수로 배를 채우고
봉성산에 오른다

공무원 시험 공부하는 언니와
백수인 내가 구례에 온 줄
아무도 모르게 하려고
잠깐 다녀가려고 왔는데

봉성산에서 지리산이 다 보인다
섬진강이 다 보인다
조용조용 다녀가려고 왔는데
소리 내며 열리는
눈
코
귀

함박눈이

한국호

마음이 불퉁해 화엄사를 지나 뒤도 안 돌아보고 산으로 들어선다. 하나로 좁아진 길. 한 발짝 한 발짝 디디니 마음이 단순해진다. 뭐라도 먹자고 뒤를 돌아보니 빵봉지 하나를 흔들며 선 너. 이제 우리 맥주랑 오징어밖에 없어. 빵을 건네준다. 산에 들어왔으니 올라가야지. 단 거 하나 없이 노고단으로 간다. 등산객 한 명 만나지 못하고 산이 점점 깊어진다. 곰을 만나면 대피하는 방법을 진지하게 읽는 너. 물 한 모금 간절한 나는 멈춰 서서 침을 꼴깍 삼킨다. 숨을 고를 때야 겨우 들리는 물소리. 오르막만 있는데 발이 떼어지지 않는다. 내 몸이 너무 무겁다. 12월에 개구리 없나? 뱀 없나? 뛰어다니는 너, 제.발.걷.는.데.만.힘.써. 돌 디디는 발자국 소리가 온 마음을 헤집는다. 지팡이도 내동댕이치고 싶을 때 만난 하산객. 물 한 모금 얻어먹고 겨우 코재를 넘으니 거짓말처럼 눈 세상이다. 너는 눈길을 달려 대피소에서 커피와 초코파이를 사온다. 살았다. 살았다.

　노고단도 못 보고 성삼재로 내려가는 길

　걸으면서 기우뚱 미끄러지는 너

왜 그래 왜 그래 흔들어도 졸리다며 눈을 감는다 그제야

반이 훨씬 넘는 빵

내 키에 딱 맞는 나무 지팡이

너는 마시지도 않은 물통

걷는 내내 나를 지켜본 눈빛이 쏟아진다

아, 너는 이런 사람이구나

함박눈이

쏟아진다

달궁의 밤

박성훈

노고단에서 내려온 밤
한바탕 눈이 내린다

화덕 속에는 흑돼지삼결살 지글지글 튀기듯 구워지고 아
무렇게나 내온 묵은지가 돼지기름과 시큼히 어울려 익을 때
때마침 지리산더덕구이 쌉싸름하고 매콤한 향이 입 속에 맴
돌다 막걸리와 함께 목구멍으로 넘어가면,

새까만 밤이 발그레하다
처마 밑 눈처마 인 곶감 잘 익겠다
이런 곳이라면
궁전 같은 움막 짓고 나한테서
도망쳐 숨어 살 수 있겠다

딴청 피우듯 장작 터지는 소리
따닥, 따닥, 눈, 눈, 눈

밤은 깊고 눈은 내리는데

아무래도

달궁에 달이 드나 보다

갈재마을

흐르는 산줄기가 아주 낮아지다
갈재마을 약수터 조롱박 속에 출렁인다

닫힌 듯 열려 있는 대문들 지나
구판장 아주머니 옛이야기 속에서
갈대가 다시 신작로를 뒤덮고
고리봉 넘어온 발소리 뒤로 총성 울리자
지붕 위로 활활 타오르는 불길

갈대 속에 숨죽이며 엎어져 있던 사람들
잿더미에서 총탄 맞은 남편 붙들고 울부짖던 사람들
그중 몇 사람은 살아남아
마을회관 툇마루에 쪼그리고서
처음 보는 길손에게 봄볕 같은 눈빛 보낸다

녹았다 어는 잔설 위로
행인 걸어오고 버스 달려가고

피 머금은 산줄기는

마을 뒤 노송에 매달려 흔들리다

우수수 갈대 우는 소리를 낸다

우중산행

김연광

안개와 구름과 빗방울이 종일 따라다녔다
여원재를 넘을 때
뿌연 어둠처럼 왔다가
람천을 지날 때 멀리 뻐꾸기 소리로 울었다

바래봉을 오를 때
한낮인데 달맞이꽃 노랗게 피었고,
흰까치수염에 늘어지게
청포에 무겁게 잠겨 있었다

덕유·속리산줄기

일행길

신대철

눈 쓸리는 계단, 그 옆에
나란히 놓인 짐승 발자국

태생길인 줄 알고
오르내린 두 길 앞에서
잠시 망설이는 동안
도토리나무와 박달나무 사이로
눈 알갱이 반짝이는 일행길
앞서가는 이들이 꾸욱 다지고 간
일행길 속으로 들어서니
뜨거운 기운이 온몸에 퍼진다

백두산, 덕유산, 육십령, 붉은부리까마귀

영취산 정상에 이르러
일행길은 일행 속으로 사라지고
굽이쳐가는 대간길만 남는다

언 봉우리
—육십령에서

손필영

무룡계곡 눈발에 쓰러진 그녀를 처음 봤다구요?
온 겨울 산을 넘나든 시커먼 얼굴, 얼어 터진 손발,
그녀를 본 순간 심장이 멎는 것 같았다구요?

당신은 백야전 전투 중대장*,
그녀를 들쳐 업고 내려가도 되는 건가요?
빨치산을 빼돌린 죄로 체포되었다고요?
겨우 살려논 그녀도 방첩대에 끌려갔다구요?
그녀가 당신을 위해 스스로 목숨을 끊었다구요?
그래서 당신도?

육십령에 오르면 바람보다 빨리 다가오는 사람들, 보이지
않아도 사람들은 할미봉을 향하면서 계속 묻는다, 간혹 올라
오는 칼바람, 진달래 봉우리가 비쭉이 올라와 망설이다 얼음
눈에 잠긴다, 장수 지나 뻘로 넘어가는 붉은 해는 할미봉 꼭

대기를 돌고 있다, 아직 할 말이 남았느냐면서 우릴 기다리
고 있다, 마지막 빛에 눈이 부시다

* 1951년 12월, 무룡계곡에서 빨치산 토벌을 나선 백야전 전투사령부 중대장인 김
  대위(24살)가 빨치산 오양수(20살)를 만났다(백야전 전투사령부 백선엽 장군의
  《실록지리산》에서).

육십령

어릴 적 어른들이 어디 오씨냐 물으면
함양이 지명인 줄도 모르고
함양 오씨요 했는데
이 고개를 넘으면 함양

아빠도 할아버지도 할아버지의 할아버지도
다 전라도가 고향이신데
나의 먼먼 할아버지
언제쯤 이런 고개를 넘어오셨을까?

오르막길 끝에 다다르신 고갯마루
등짐 부리고 거친 숨 고르실 때
저 아래 새로 가야 할 땅 보며
무슨 생각을 하셨을까?
고개 넘어가기 전에
마지막으로 뒤 한번 돌아보셨을까?

내가 장계에서 서봉에 올라

할미봉 지나 능선 따라 걸어온 육십령

가파른 숨 고를 때

내가 있기 전 먼먼 옛날부터

내 안에 흐르던 숨결

까마득한 육십령을 넘는다

안개가

이성일

똑같은 돌에
똑같은 돌이
똑같은 계단으로
이어지는 남덕유

종아리도 허벅지도
이제는 돌계단이다.

딱딱해진 근육을 풀며
다시 길을 내지만
풀리는 것은 안개

누가, 안개 속에서
너만 보여, 소리친다.

안개가 너인지
풀렸다 종아리에

다시 뭉친
대간길이 너인지

아니면, 재난이 똑같고
대책이 똑같은 세상이 너인지

아니면, 세상이 바뀌어도
무엇이 바뀐 줄 모르고
사는 내가 너인지

너와 나 사이를
돌 나무 철 계단으로
바꾸며 걸어도
길은 가슴에
절벽으로 매달린다.

매달린 길에 매달려

소리치다 아찔해진 내게
장마철 먹구름을
흰 구름으로 바꾸며

장수덕유와 남덕유와
할미봉에서 불쑥불쑥
고개를 내미는 등대시호
거북꼬리 숙은노루오줌풀

시인과 나방

남덕유에서 능선 타고 숙소로 돌아온 저녁

나방이 들어왔다
크고 예쁘지도 않은 나방이
방 안에 가루를 날리며 파닥거린다
성가시고 귀찮은 내 시선을 가로막으며
시인이 조심조심 나방을 밖으로 내몬다
혹시나 나방이 다칠까 안쓰러워하며
살던 데로 가라고 훠이훠이

나방이 밖으로 날아가고
산길 따라 까치수염이며 싸리꽃을 보고 와도
작고 여린 것은 밀쳐내고
내 것 챙기기에 바쁜 일상이
악착같이 따라 들어온다

크고 모진 얼굴이 창에 비친다

능선을 벗어난 대간

박성훈

너덜 지대 지나 노루오줌
비탈 올라 까치수염
봉우리 넘어 꿩의다리
해발 1507미터에 이르자 남덕유가 솟았다

오른쪽 멀리 향적봉 있고
왼쪽 멀리 육십령 있지만

그보다 멀리 주문진 김해 서울이 있고
주문진 김해 서울보다
먼 곳에서부터 먼 곳으로 생을 끌고 와
대간에 선 그대들이 있다

피어오른 안개가 봉우리를 지우고
옆 사람 얼굴마저 가릴 무렵
우리는 안개가 되었던가?

흩어지기에는 삶이 너무 무거운 탓에
우리는 소리 지르며
가까스로 혼절하지 않았다
(우리가 안개였던가?)

능선에서 안개로 바꿔 타고
대간을 따라 흐르다
그대들 흘러온 이 땅의 안부가 궁금해질 무렵
능선을 벗어난 안개가
평야를 향해 넓어진다

가늠할 수 없는 높이에서 깊어지는

너덜 지대 지나 당신
비탈 올라 당신
봉우리 넘어 당신

무풍

이승규

기침이 멈추지 않는다.

폭설, 폭설

고개 넘는 지방도로는 죄다 통제

제설차가 낸 길로 덕산재에 오른다.

으슬으슬 추울수록 대덕산이 높아 보인다.

이정표 옆에서 참깨라면 끓여 먹고 바람에 입가심하고 스패츠와 아이젠 착용한 눈 산책 조금. 되돌아 내려가려는데 도로 가에 검은 차가 멈춘다. 깡마른 남자가 혼자 배낭을 툭툭 털어 매고, 경사진 대덕산 눈길로 올라선다.

고갯길을 내려가 무풍면사무소에 차를 댄다. 어디를 둘러봐도 다 산. 산이 품은 너른 들녘 마을. 중앙 통에 들어간다. 문 열고 장사 안 하는 식당만 계속. 평화식당 주인이 망설이다 손님을 받는다. 짜장면 시키고 맥주는 알아서 꺼내 마시는 동안 길거리에 차 한 대 지나가지 않는다. 눈 때문인가? 중얼대자 주방에서, 옆으로 난 외곽 도로 때문이구마. 눈이 아니라 새 길이 사람을 막는구마.

　산줄기가 외적을 막고 전염병을 막아준 곳. 푸짐하게 눈
덮인 무풍초등학교 운동장이 비어 있다. 멀리 저무는 햇빛을
받아 대덕산이 붉게 빛난다. 지금쯤 대덕산에 오른 이는 무
엇을 바라볼까. 떨어지는 해를 끌어안고 대간 따라 흘러가고
있을까. 무풍, 무풍, 바람이 차다 몸이 뜨거워진다, 무풍, 무
풍, 갈 길이 멀다 솟구치는 바람을 타자, 무풍, 무풍, 이마 위
로 뻗은 대간을 이정 삼아, 아직도 굽이치고 있을 붉은 한 사
람을 마주치기 위해

낙인

장윤서

삼도봉 가는 길
총탄 자국 어지럽게 박혀 있는 노근리*
총탄과 폭격을 피해 가며
쌍굴 안으로 모였을 사람들

총성에 귀가 터지고 몸이 찢기면서도
서로의 몸을 부둥켜안으며 둘러싼 손들에게
얼마나 애타는 말들을 힘껏 쥐어줬을까

저기 저
재갈 물린 총탄 자국들!

* 1950년 7월 26일부터 29일까지, 충청북도 영동군 영동읍 주곡리와 임계리 주민
   을 피란시켜주겠다던 미군이 양민 300~400여 명을 학살했다.

바람재를 오르며

윤석영

　일당 스님이 직지사에 계시다는 소식을 듣고 단숨에 달려
갔다. 법회 중이니 기다려보라는 말을 듣고 기다리는데, 그
냥 돌아가라는 전갈이 왔다. 돌아갈 곳을 잃고 한동안 갈팡
질팡하다가 바람재로 올라갔다.
　바람재에선 바람이 모든 걸 흔들어놓는다. 목장의 밥 짓는
연기를 흔들고, 능선을 흔들고, 풍경을 흔들고, 만남을 다시
청해볼까 그냥 돌아설까 망설이는 나를 흔들어놓는다. 바람
이 나를 흔드는 것인지 내가 흔들리는 것인지도 모르면서 수
많은 나 사이에서 흔들린다.

　사무치는 그리움으로 어머니를 찾아갔지만 속세의 인연을
거절당한 아들의 심경은 어땠을까? 어머니를 그리며 불원천
리 수덕사로 달려갔지만 열네 살 아들에게 돌아온 건 따뜻한
포옹 대신 피붙이를 떼어내려는 차가운 말, 어머니라 부르지
마라. 일엽 스님에겐 어린 아들마저도 라훌라*일 뿐이었을
까?
　어머니 품에 안겨보지도 못한 채 수덕여관에 머물며 어머

니를 그려보지만 평생을 그려도 붓으로는 그릴 수 없는 어머니, 어머니에게 가까이 다가가는 길은 출가뿐이었을까? 예순을 훌쩍 넘긴 화백이 늦깎이 출가를 결행한다. 어머니, 그리운 어머니를 만나려고

바람재를 내려서서 절을 돌아 나오려는데 만나겠다는 새 전갈이 왔다. 스님의 마음을 돌려놓은 것은 무엇이었을까? 자신을 밀어냈던 어머니를 떠올렸던 것일까? 일엽 스님의 글과 수덕사와 들고 간 시집 이야기를 나누는 동안 일당 스님의 온화한 눈빛에는 야속함도 원망도 사라지고 어머니만 남아 있었다.

김태신 화백과 일당 스님 사이에 알 수 없는 미소가 번져 갔다.

* 부처님이 출가하시기 전에 속세에서 얻은 아들이 있었는데, 그 아들 이름이 라홀라다. 불가에서는 수행에 방해되는 존재를 '라홀라'라고 한다.

바람재에서

조재형

주예리, 지통마
산골 마을 불빛이 켜질 때
우리도 바람재 정상에서
텐트 치고
손전등 하나
걸어놓았네

굴뚝에 연기는 나지 않아도
밥 짓고 국 끓여
반주 한잔 나누며
작은 꿈을 꾸었네

황악산 넘어
태백산 주목 군락 지나
백두고원 어디쯤 대간길 풀어놓고
작은 마을을 이룰 수 있다면
아주 작은 별꽃 옆에서

나 없이 그대만으로도 살 수 있겠네

우연과 인연

한국호

바람도 머물지 않고 지나가는 바람재에서 바람이 잠시 쉬
어 가듯이 간절히 바라면 이루어지는 걸까

우연히 들른 직지사 백련암
대성 스님을 눈앞에 두고
대성 스님을 찾는다
법당에 절부터 하고 오라며
휙 가버리는 스님,
법당 겨우 찾아 절하고
다시 대성 스님을 찾는다
누구, 하며 빤히 쳐다보신다
그 눈에 안금* 작은 종조할머니 삼촌 고모 보여
저, 안금에서… 머뭇거리는데
호야 호야 아이가
엉덩이를 탁 치고
경순이 고모가
인연을 만난 듯

다, 다 잘 계시제

하며 덥석

손을 잡는다

---

* 경상남도 김해시 생림면에 있는 집성촌으로 대성 스님의 고향이다.

봉숭아 꽃물

오하나

아지랑이 일렁이는 길가에 봉숭아꽃
황악산 직지사 가는 길에
연광이랑 같이 들인 꽃물

백반도 실도 없는데
꽃잎이랑 이파리 따다 손톱에 올리면
연광이는 고향서 콩잎으로 감싸던 아이
나는 할머니가 실로 꽁꽁 묶어주던 아이

꽃물 드는 동안
천안서 서울서 무겁게 지고 간 길
휙 벗어나
계곡에 발 담그고
옥수수 피리 불던
황악산 여름 아이

여릿한 꽃물 속에 숨어 있다

길 놓친 곳
—괘방령에서

박성훈

돌아가다 보면
길 놓친 곳에
놓친 이정표가 있다.

가을 들녘
집 몇 채
무덤 몇 장
없는 듯 핀 구절초.

지나쳐 온 것들이
돌아가는 길에 보인다.
고갯마루에는
어디든 곧바로 이르지 못하고
매번 에돌아가는 내가 있다.

괘방 뜻 모르는 마을 주민
풍경처럼 지나갈 때

다시 갈 길을 잡는다.

이정표가 지나온 쪽을 가리킨다.

높아지는 재

장윤서

장맛비에 시끄러울 하굣길 인성분교엔
백두대간 종주 리본들만 흩날리고
전파도 잘 찾아오지 않는 텔레비전에
가는귀를 맞추시는 고갯마루 박분례 할머니
오래전 온기를 잃은 부엌 아궁이에는
부산했던 큰재의 시간들이 재 되어 쌓여 있는데

어느 마루에 흩어져 있을까
큰재를 넘나들며 웅성대던 사람들과
운동장을 들썩거리며
낙동강, 금강 쪽으로 내달렸던
인성분교* 600여 명의 아이들은

인성분교에 쓰레기만 남겨둔 채
큰재를 지나친 발걸음을
낮게, 아주 낮게 기억하는 우리들에게
큰재는 얼만큼

마을과 학교에서 높아진 걸까

어느 길을 떠나시려
뒤꿈치 굳은살을 깎고 계시는지
할머니, 가는귀를
장맛비 쏟아지더라도
처마 밑으로, 문밖으로, 운동장으로 내거시는데

떠나간 사람들과
지나칠 사람들로
큰재는 점점 더 높아져가고

＊ 백두대간 마루금에 있는 유일한 학교. 1947년 설립되어 1997년 3월에 폐교될 때
까지 597명의 졸업생을 배출했다.

속리산 연리지는
―선덕원* 훈이에게

이성일

속리산 천왕봉 오를 때였어.
문장대로 뻗어 있는 새파란 대간길과
드높은 봉우리와 수려한 암벽들이
사람들의 시선을 사로잡는 동안에도

내 눈에는 자꾸 네가 어른거리더구나.
세상 등진 이들의 속내처럼
속리를 돌고 돌던 모진 바람이
사정없이 후려치고 흔들던 너,

어르고 달래도 혼자 고집 피우고
혼자 어깃장 놓다 구석에서 늘
두 팔 들고 벌서던 너,

네 모습이 밉다가도 가여워
굴피처럼 거칠게 품에 안으면
도망간 엄마 밉다고

엄마도 아저씨도 다 개간나라고
참았던 울음 씩씩거리며 터트리던 너,

하루는 아내 곁에 슬쩍 다가와
"아줌마 애 키우기 힘들죠?" 물을 때
녀석 철들었네 하고 웃으려다가
고개를 바닥까지 떨군 네가,
"아줌마 나 좀 키워주면 안 돼요?" 중얼거리던 네가,

무서웠어, 널 버리고 도망간 엄마처럼
나도 마구 달아나고 싶었어.
죽지 못해 산다는 말 들을 때마다
숨이 턱 턱 막힐 때마다
너의 목소리가, 안 보이던 눈초리가
굴피 같은 내 가슴을 할퀴더구나.

회초리처럼, 말라가던 어린 굴피나무가

뭐라도 붙들고 살아보려고
또 어린 굴피나무에 가지를 기대려고
이리저리 흔들리다 생채기만 남기는
속리산 천왕봉 바위 밑에서
새파란 대간 등지고 정맥으로 길을 바꿨어.
한남금북정맥길 마저 잃어버리고
산자락만 붙들고 마을 가까이 내려오던 내내

두 가지가 한 상처를 감싸고
단단하게 얽혀 있는 연리지가
속리산을 휘감고 올라가면서
내 부끄럽던 속내를 확
낙엽처럼 떨구더구나.

* 　서울시 은평구 응암 2동에 있는 아동복지시설이다.

삼파수

신대철

주능선은 암릉에서 암릉으로 뭉쳐가고
빗방울은 남한강, 금강, 낙동강으로 흩어지고

연리지 꼭대기 잎새들의 물결 소리도
서해 개펄을 향해
천왕봉 바위틈으로 흘러내린다.

어느 산 어느 강줄기에서도
속봉우리 내미는 독립봉 하나
가만히 다가온다.

칠갑산
꾀꼬리봉,

아버지의 무덤이 내려다보이는
아버지와 처음으로 핏줄을 잡고 기어오른
지상에서 우주로 돌출한 나의 아버지의 아버지의 뒷동산.

거기선 무슨 말을 해도 하늘이 트이고 시가 되었다.

소백·태백산줄기

칡넝쿨손
—이화령에서

생각을 좇다가
이화령에 이르러 그대 놓치고
지상 길 끝에서 하늘 길 더듬는
칡넝쿨손 바라보다
가던 길 놓쳤네요

인간사 돌아나온 바람의 상심이
내 몸 감싸올 때
그대 어느 재쯤에서
젖은 옷을 말리고 있나요

옷이 마르며 뽀송해진 기억들은
하늘재를 넘겠지요
무리를 잃은 한 마리 새처럼요

선 채 썩어가는 나무 꼭대기에서
칡넝쿨손이 마침내 한 손 내뻗네요

길을 찾았나요?

그대도, 인간사도, 가던 길도 잊고
칡넝쿨손이 열어놓은
하늘 길만 올려다보네요

문경새재

윤혜경

산막이 옛길 돌아
숨 가쁘게 들어선 문경새재
괴산에서 충주로, 음성에서 서울로
다시 새재까지 걸어오는데 팔십 평생이 지나갔구나

옛 오솔길은 벌써 끊긴 지 오래
과거 길 오르던 선비도 괴나리봇짐 장수도
이제 서울로 가는 길은 탄탄대로
깊은 계곡을 끼고 녹음이 무성하다

늙은 어머니, 앞장서서 걷는 길마다
단도리하듯 꾹꾹 눌러 발자국을 낸다
한평생 걸어온 길들이 발자국 속에 모였다 흩어졌다
촘촘히 쌓인 돌탑에 걸려 있는 무수한 소원처럼 숨 가쁘다

"이제 내가 가는 길은 죄다 한길이여"
신나게 걷는 노모의 발걸음 소리에

늘어선 무성한 나뭇가지들 귀를 기울인다
휘휘 잎새 바람 불러온다

내가 가는 길은 어디나 초행길
내가 넘는 곳은 어디든 새재
죄다 살러 가는 한양 길인데

아직 넘을 고개 첩첩산중인 자식을 뒤로하고
무엇이 그리 좋은지
앞서가는 노모의 발걸음이 초여름 햇살처럼 쨍쨍하구나

회가回家
—문경새재 과거 길*에서

장윤서

내가 탈 꽃가마는
저승길 상여밖에 안 남았나
다음 생엔 여자로 태어나
연지곤지 꽃가마라도 타보려나
집으로 돌아가는 더딘 발걸음
이제는 익숙해져 길도 잃지 않는구나

이 길만 통하는 세상을 욕하면서도
내가 세상이 된다면
이 길을 사람 편으로 뒤엎으리라는 다짐은
저기 저 마패봉처럼 변함이 없는데
허리춤에 있어야 할 마패들이
언제부터 세 치 혀에 덜렁덜렁 달려 있나

사실, 이 길을 벗어나면
나란 놈은 너무나 무력하단 걸 알고 있네
그나마 이 길 위에 서 있어야만이

마누라한테 억지라도 부리며
고향 집 따뜻한 밥상이라도
뒤엎는 척할 수 있다는 걸 알기에
이 길을 훌쩍 떠날 자신이 없다네

이다지도 작은 그릇
팔다리만 얇아지지
욕망들은 늙을 생각조차 하지 않고
이 배처럼 여기저기 흘러넘치는구나

인생길은 성공과 실패만 있는 것인가

이 길에서 조금만 벗어나고 싶네
탁주로 작은 그릇 반만 채우고서
주막집 주모에게 허풍이나 부려야겠네

죽령에서 소백산 기운을 기다렸다 해볼까

추풍령의 바람이 그리웠다 해볼까

* 조선 시대 한양과 영남을 잇는 세 고개 가운데 하나로 과거를 보려는 선비들이
  주로 이 고개를 이용했다고 한다. 당시 선비들 사이에 추풍령은 낙엽처럼 떨어
  지고 죽령은 대나무처럼 미끄러진다는 이야기가 돌았기 때문이다.

아는 만큼 보인다고?

일상도 산행도
뜻대로 되는 일은 없다는 듯이
여우목 안골을 한 바퀴 돌고서야
등산로를 찾는다.

백두대간 종주로 어디서나 눈에 띄던
빛바랜 리본조차 안 보이는
영하 16도의 강풍 속
잔설과 낙엽 쌓인 44도 급경사 구간을
한 시간 남짓 오르자 철쭉 군락이
눈에 핀다, 꽃 피지 않아도

철쭉과 진달래를 구분한다느니
여우목 고개로 내려가는 갈림길에서
대간 능선 마루금이니 하산길이니
검은 눈썹 같아 대미산黛眉山이니 하다가
기우는 해를 보고 산행을 재촉한다.

푹푹 빠지지 않고
조각조각 깨어지는 눈길 지나
정상에 먼저 도착한 일행이
표지석을 가리키며
칼바람보다 따갑게 웃는다.

대미산大美山 1115미터?
다른 산 같은 이름?
나는 또 나를 의심하며
칼바람에 그을린 얼굴로
빨갛게 달아오른 표정 가리고
함께 웃는다.

아는 만큼 보려고?
지도와 지명을 번갈아보며
그린 산 그린 길이

시를 향해 있던

그대 검은 눈썹처럼 꿈틀거리다

마루금 끝에 포암산 남기고

청광 너머로 사라진다.

나도 어느새 나같이 흔한

대미산을 내려와
얼어붙은 몸과 장비를
달아오른 구들에 펼친다.

청광 너머로 사라지던 산줄기처럼
노곤하게 풀어지는 대간 하늘금

이화령 너머 조령산
새재 너머 마패봉

아직 선듯하게 남아 있는 산기운에
그 길 어디로 흐르는지 모르면서
흘러온 곳으로 흘러가 보려고
점점이 흩어지는 기억을
지도에 포개놓고 다시 오른다.

줄어든 꿈만큼 빈 곳 많은

구간과 구간 사이
낭떠러지에서,

나도 모르게 벌어지는
무릎과 무릎 사이를
졸다 깨다 초점 없이
바라보던 출퇴근 버스에서,

쩍벌남 소리에 잠깐
낯 뜨거운 내가 되었다가
인간이 되었다가
사람 짐승 구분 못 하고
살기 위해 으르렁거리다
멀어진 이들 다시 만난다

흔들림이 없다는 사십 대를
바람 잘 날 없이 보내고 나서야

모든 것이 흔들리는 나이여서
불혹 불혹 하는 거라고

나도 어느새 나같이 흔한
아저씨가 되어서 다시
흘러온 곳으로 흘러가 보려고

문경새재 넘어 대미산 넘어
백두대간 하늘금에
헝클어진 삶을
풀어놓는다

그대 발자국 소리

윤혜경

안개비에 젖어, 가던 길 지워지고
휘몰아쳐 오르는 분지 바람 속
그 속에 섰습니다

하늘말나리 하늘로 올라가고
잡목숲에 엉겅퀴 바람에 흩어지고

천동리 넘어온 나는
이화령 지나 연화봉 넘어오는
그대와 마주치네요

그대가 몰고 온 봉우리들
거친 숨소리 따라 안개 속에 굽이치는데
지나온 길마다 꽃봉오리 터지는데

젖은 초원을 눕히며
겹겹이 흐르는 능선 한길로 모으며

또다시, 대간으로 흘러가는 그대

그대 발자국 소리 바람에 날려
초원 가득
노란 제비꽃 피어나네요

산상초원

신대철

'눈, 눈, 산상초원'

첫눈 생각이 문득 멈춘 곳으로
물길 더듬어 소백산을 오른다.
산 깊이 오를수록
풀숲으로 들어간 물소리는
풀벌레 소리로 흘러나온다.

두둥실 떠오르는 주목 군락에
빗방울화석 같은 고요

산꾼들은 비로봉을 안고
초원을 굴러 내린다.
풀빛 쏠리는 분지에 아이들만 남는다.
누군가 가만히 아이들을 들어올려
구름 위에 얹어놓는다.
산상초원이 흐른다.

'눈, 눈, 산상초원',

바람 높이 부는 그대 꼭대기에서 그대를 몰고 가는 이 누구인가?

소백산 초원

손필영

백두대간을 타고 가다
소백산 정상에서 잠시
쉬었습니다, 온 길을 잃었기
때문인가요? 초원 때문인가요?
정상을 향해 올라온 사람들은
다 올라와서도
산 위의 산을 향해 서 있습니다.

나는 초원에 가슴을 맞춰 누웠습니다.
평지보다 더 낮은 초원
쿵쿵쿵 울려오는 저 소리는 누구의 소리인가요?
초원 위에서 구르는 사람들은 어느덧 하나하나
작은 소년이 되어 나도바람꽃을
둘러싸고 앉습니다.
하얀 잎에 숨어 노래할 때마다
소년 속에서 너도바람꽃이 피어나고
구름 그늘 속에 흔들리며 가벼이 뜨고 있습니다.

나도 떠오르네요,

1314△1394△1440△1421△

흩어져 있던 봉우리들이

이름을 갖고 한줄기로 모이네요, 도솔봉 연화봉 비로봉 국
망봉

오늘은 마의태자의 국망봉이

비로봉보다 높이 솟아 있네요.

백두대간이 국망봉을 굽이굽이 감싸 안고 굽이칩니다.

대간으로 번져가는 초원

최수현

소백산 초입에 들어서자
줄기찬 물소리로 환하게 열리는 길,
오를수록 짙은 녹색 바람 불어온다.
새벽안개를 몰아가는 연한 숲 향기가
몸에 아리게 스며든다.

사람 사이에서 놓쳤던 산길 다시 끌어내어
빛바랜 등산화를 따라가다
늘어진 배낭끈을 잡아당기면
땅일을 하며 굽고 굽은 등이
하늘을 향해 곧추선다.

사방이 편안하다.

주목 군락지를 빠져나오다 뒤돌아보니
높이 솟아오른 주목 부러진 가지에
누가 걸어놓고 간 곤충망과 흰 셔츠가

분지 쪽으로 길 안내를 한다.

국망봉에서 비로봉으로 연화봉으로
흘러내리는 눈부신 능선 아래
막 떠오르는 소백산 분지 초원,
봄볕은 산그늘 줄이며
진달래 꽃봉오리에서 불타오르다
내 가슴에 불똥을 떨어뜨린다.
바람 따라 흔들리는 노란 풀꽃들이
가슴에 피어나기 시작한다.

분지에 뒹구는 사람들 얼굴에도 바람 무늬 입혀놓고
소백산 초원은 대간으로, 대간으로 번져간다.

점심

단양군 영춘면 북벽 근처 식당
공사장에서 막 온 듯한 남자들이 점심을 먹는다
뜨끈한 설렁탕에 밥 한 공기 뚝딱 말아 먹고 일어서는 이
들 사이로
북쪽의 추운 나라가 고향일 듯한 남자 둘

설렁탕은 손 안 대고
닭고기? 생선? 하는 식당 주인의 물음에
무언가 말하고 싶은 것 같은데
말은 못 하고 연신 고개만 젖는다

단무지랑 달걀프라이
고봉밥 연거푸 두 공기로
서둘러 끼니를 때우는 이곳은

소백산 자락 남한강 굽이치는
고향 산천 아니고

만리타향

낯선 이방의 땅이다

끝없이 출렁거리네

이승규

알 수 없이 벅차오는
내 속에 내 것 아닌 숨결로
산이 받쳐 올린 능선길을
황송하게 걷네

비로봉 지나온 이 길을 따라가면 선달산
선달산 능선은 물결치며 아득히 이어지네

떨며 울며 피 흘리며 걸어갔을 사람들
능선 따라 지나갔을 무수한 걸음들 위로
햇살 쌓이고 바람 불어오네

흔들리는 금강송 우듬지에 마음을 얹고
나는 발걸음만 달음질치네
능선 놓치고 뒤엉킨 비탈길에 들어
멈칫멈칫 부석으로 흘러내리네

산기슭 과수원에는 뙤약볕에
설익은 사과들만 매달려 있고
철근으로 받친 부석사 천왕문 앞에서
관광객 행렬에 내가 막 섞이기 전

앞산 너머 산 그 위로
능선길이 끝없이 출렁거리네

고요해지는 능선
―옥석봉에서

소백산 초원 바람 타고
북으로 오르던 사람들이
숨 고르던 박달령

갈라진 능선들 흔적 없이 지우는
거제수나무, 물푸레나무
나무 사이로 내려온
햇빛은 그대로 고여 있다,
빛에 잠긴 나무는
새를 꿈꾸는가
새소리 들리는 곳으로 기울어 있다

새와 나무와 빛에 잠겨 고요해지는 능선

(핏내 남기고 간 발자국 디디고
누가 지나갔던 것일까?)

백두대간을 타고 1
— 우구치에서 구룡산으로

신대철

다른 산, 다른 길
삼동티 넘어
동쪽은 백두대간

쉴 새 없이 넘어온 산들은 등고선에 싸여 삼각점만 남고, 고산지대에 올라와 우는 새 울음소리에 맑게 씻겨 내리는 빗방울, 지도와 나침반이 가리킬 수 없는 빗속의 떠돌이 일손들이 비탈에서 비탈로 고랑 치고 무씨 뿌리고 한숨 돌려 협곡을 내려다본다.

삼덕분교 폐교, 금정광산 폐광, 상금정 폐촌, 흘러온 사람 흘러 나가고 굴러온 사람 굴러 나간 빈 집 처마 기슭엔 쥐다래 잎새보다 먼저 납빛으로 바뀐 얼굴 몇이 비를 긋고 있다. 그리운 사람도 없이 멀고 먼 눈. 그 눈길을 따라 골짜기로 오른 길은 물소리와 어울려 땅속으로 잦아들고 다시 맥을 짚어 산자락에 어린 얼굴 없는 얼굴들 사이를 헤맬 때 온몸에 끼쳐오는 따가운 숨길.

백두대간을 타고 2
—구룡산 능선 길

신대철

층층이 삭정이 가지로 뒤엉킨 낙엽송 사이를 뒤엉켜 지나 도래기재에서 조그마한 산등을 타고 올라오는 능선길에 이르자 눈만 적셔주던 길 안 든 길은 푸른빛에 홀린 푸른 그림자에 배어들어 야생화를 더 강렬하게 피운다.

혼자 걸어도
홀로 갈 수 없는 능선길,

훤한 참나무 숲을 가르는
금강소나무 가지에 길을 걸어두고
회오리봉에 잠시 누워
상봉에, 햇살 퍼지는 구름 저편에
상처 난 다리를 얹고 있으면
갈 데 없이 부는 바람에 실려
둥둥 떠오르다 한없이 무겁게 흔들리는 몸, 속으로

피아골에서 도장골에서 몸부림치며 스며들어 와

내 피 네 피를 달구어 섞는 뜨거운 대간의 숨, 숨결을 타고

홀로 걸어도
무리지어 가는 구룡산 능선길.

고직령

김홍탁

강원 경북 넘나드는 길이라곤
산허리 꼬불꼬불 기어오르는 고개뿐.
곳곳에 십승지 감춰둔
마을 속 마을에
하늘벽처럼 솟아 있는
고직령.

오전 약수에서 목 한번 축인 후
하금정으로 난 길을 버리고
애당으로 흘러들어 시오 리,
느닷없는 바람 한 줄기 산 하나를 열어놓는다.
변변한 길 하나 없이
걸으면 길이 되는 산 전체가 길인 산,
깊숙이 파인 계곡 흐르다 만 물길 흔적 따라
간신히 오르는 발길마다 밟히는
모서리 반질반질해진 돌들,
그 위에 닿아 있는 체온은 누구 것인가?

남의 눈 피해

주린 배 허겁지겁 채우고

북으로 난 백두대간 줄기 잡기 위해

가시나무 잡목숲 오르며 갈갈이 찢기는 가쁜 숨,

가족도 이름도 아주 버리고

이념에 붉게 충혈된 눈, 눈들의

불안한 시선을 따라

고개는 한 번 더 가팔라진다.

구룡산으로 난 능선길 살짝 비켜 돌아

마주친 산신각.

퍼지는 향내음 따라

잦아드는 숨결,

산도 높이를 버린다.

땀에 젖은 옷섶 풀어 헤치고

천근 만근 버거운 마음도 벗어놓고

향불에 무슨 염원을 실었을까?

점점 더 선명히 떠오르는 얼굴들,

이름을 불러보았을까?

획 긋는 별똥별처럼 확 타오르고 싶었을까?

깊은 산그늘에 아그배가 툭 떨어진다.

태백산 고운 능선이 파르르 떨고 있다.

도화동*

손필영

현동에서 아는 이름 하나하나 떠올리며
고로쇠 물 마시고 쇠똥 따라 걷는 골짝 길
물 없는 곳에서 언 발 빠뜨리고 김시습을 지나
아무 소리도 들리지 않는 곳에서 최치원을 지나
내가 아주 지워진 곳에서 푸르러지는 햇살,

도화동에 남은 것은
흘러내린 돌담, 이끼 낀 장화 한 짝

도화빛만 흰 구름에 새겨두고
땅 위에 떠 있는 물, 물소리

---

* 경상북도 봉화군 소천면 현동리에서 태백산(백두대간) 방면으로 오르는 산기슭
  에 한때 있었던 화전민 마을이다.

태백산으로

손필영

새소리에 빛이 흐르는군요. 각진 돌 각지게 검은 돌 검게 밟고 가는 새벽, 돌길을 걸을수록 발바닥이 환해집니다. 낙엽송 사잇길로 접어들면 허리까지 차오르는 산기운, 오늘은 이상하게도 내가 지나온 발자국이 다시 앞에 놓입니다. 지나온 발자국에 새로 발자국을 찍을 때 새소리도 중창으로 들립니다. 나뭇잎은 어린 가지에 달려 연초록빛을 흔들고, 석회암 암반 밑을 흐르는 물줄기를 찾아 능선을 넘어가는 마른 물소리. 주목 군락지에 들어서자 찬 바람이 부는군요. 제 속을 비워 껍질을 만들어 그 껍질로 버티는 주목 때문일까요, 속도 껍질도 없는 저 때문일까요. 다람쥐가 드나드는 주목 속으로 들어가 앉으니 훈훈하군요. 서두르지 말라고 하는군요. 이 지상에서 오래 살면 인간도 식물도 모두 성을 벗어나는 것일까요. 산이 성큼 다가와 있군요.

봉우리는 산자락을 거느리고 함백산으로 올라가 있고 밋밋한 능선엔 앉은뱅이 철쭉 천지. 산봉우리를 향해 가려면 온 길을 다시 내려가야 하고 꽃봉오리를 향해 가려면 기다려야 하는군요. 자, 기다리면서 내려갈까요, 태백산으로.

태백산

김홍탁

안개를 굴리며 잣나무 사이를 오른다. 발밑으로 깔리는 바람, 툭, 툭, 끊어지는 능선, 8부 능선에서 7부 능선으로 나를 버려놓고 산은 저만치 자라난다.

유일사 오르는 시커먼 돌 쌓인 길, 숨소리마저 쉭, 쉭, 쇳소리를 내는 순간 석회암 밑으로 물소리가 숨는다. 저음부를 잃은 자연의 화음은 일순간 멈칫, 무얼 감추려 했던 걸까? 사람을 못 믿는 건 자연의 상처일까? 아주 버리면 끊어진 물소리가 나를 통해 흐를까? 의문부호만 꼬리를 물고 흐를 뿐, 정상은 멀다. 퉁,퉁,퉁, 크낙새가 둔탁하게 나무를 쪼고 있다.

휘청, 가파른 산비탈을 돌아섰을 때 확 트이는 시선. 아! 누군가 오고 있다. 활짝 핀 철쭉 위로 누군가 오고 있다. 길게 능선을 그리며 나와 한 점으로 솟구치며 정상을 낳는다. 홀로 우뚝 선 곳이 아니라 마주하는 곳마다 피어나는 봉우리, 봉우리! 백두, 금강, 설악이 줄줄이 내려오고 지리, 덕유, 황악이 연이어 몰려온다. 그 가운데 산 하나가 불쑥 솟는다.

태백의 봉우리가 막 터지고 있다.

한 그루 산

박성훈

태백산
늙은 주목

파인 속 내놓고
서 있네

눈 내리고
꽃 피고
잎 지는 동안

겉이 속이 되고
속이 겉이 될 때까지
파이고
파이고
파였을 나무

나 잠시

그 속에 거하네

눈 내리고
꽃 피고
잎 질 때까지

상처가 굳을 때까지
온기를 품을 때까지

또 천년을 살아갈

윤석영

태백산 주목이 호위병처럼 서 있다.

봄바람을 몰고 오는 너도바람꽃
바람에 흔들리는 범꼬리
범꼬리를 지켜보는 금괭이눈
털북숭이 귀를 쫑긋거리는 노루귀
선한 짐승들이 어슬렁거리는 신시神市

검룡소 푸른 이끼에 귀가 젖어들고 바람의 언덕 초원에서
영혼이 푸르러진다. 눈인사만으로도 가슴 일렁이는 대간꾼
들

또 천년을 살아갈
주목나무 아래를 어슬렁거리고 싶다.

천제단

김일영

골짜기마다 쌓여가는 눈

붓끝이 와 닿기만 기다리는 화폭처럼 깊고

흩어진 기운들이

태백산 천제단으로 모여들고 있다

북쪽 노모의 생사가 궁금한 홍 씨

백두에서 한라까지 종주를 꿈꾸는 산악인 조 씨

내려놓은 기도들이 제단에 쌓여가고

신년 산제를 지내는 사람들의 제례에

대간 능선이 딸려와

구룡산이 앞서고 함백산이 뒤선다

눈발이 제단에 쌓인 기도들을 덮자

천제단은 포효하듯 바람을 토해낸다

다투어 튀어오른 눈발들이

천제단 주변을 휘돌아 골짜기로 내려가자

대간 능선도 출렁이며 선달산을 넘어간다

방송사 헬리콥터가 신년 산행을 취재하기 위해

천제단 상공에서 잠시 머무르는 사이

키 작은 나무에 피었던 눈꽃들은
다시 눈이 되어 날리고
제단에 모여 있던 바람들이 헬리콥터를 따라
하늘로 하늘로 오른다
사람들은 손을 흔들고

천제단에 하염없이 눈이 내린다

산신님을 뵙더라도
—태백산 호식총

장윤서

1

다 먹고사는 게 힘들어서

양반네들 피해 산골로

산골로 흘러왔겠지

그마저 이 두메산골에도

호환을 당했다는 흉흉한 이야기가

슬금슬금 마을에 발자국을 남기지만

그래도 산속을 구석구석 뒤질 수밖에 없었던 건

호랑이 으르렁 소리보다

자식들 주린 배에서 울려대는 소리가

더 섬뜩하다는 걸 그들은 알았던 거라

이빨 허옇게 드러낸 호랑이를 보고

아니, 산신님을 뵙고

하필이면 왜 나란 말이오

원통한 비명이 온 산을 긁는다 해도

산신님 욕을 차마 못 했던 것은

맹수보다 잔인한 양반네들같이
산신님은 가족 전부를 무덤으로 몰고 가지 않는다네
마을을, 산과 강을 물어뜯지 않는다네
산신님도 먹고살아야 한다는 걸 알았던 거라
운명처럼 본능처럼 그들은 알았던 거라

2

배때기에 기름 잔뜩 낀 양반네들 잡숫고서
피똥 싸시면 안 되겠지 우리 산신님
산골 잘 아는 사람 하나 넣으시고
인적 뜸한 외진 곳에 산삼으로 보내신다네

죽은 이는 산삼으로 꽃 피우고
병자는 그 산삼 먹고 일어나고
가족들도 덩달아 살아나서
집 하나 기운 돌고

그 기운이 마을 길 골목골목 따라
아이들 달음박질 웃음소리처럼 퍼져나가
집집마다 정화수로 고이 담겨지면
마을은 다시 평온해지고

태백산 호식총은 그렇게
반재도 못 미친 소나무 숲에서
삶과 죽음을 시루째
오래오래 쪄내고 있었던 거라

자작나무

최수현

텐트에서 막 깨었을 때 처음 생각나는 것이 희디흰 자작나무였음 좋겠다.

어제 못 다한 생각 말고, 미움 말고, 눈꺼풀 안쪽을 휙휙 지나가는 뜻 모를 기하학적인 영상들 말고,

나를 덮은 탁한 공기에서 허우적 팔을 젓다

간신히 눈을 뜨고

다시 세상으로 돌아왔음을 서서히 깨닫는 시간,

작게 웅크렸던 몸을 돌려 펴보는 시간,

처음 보이는 것이 푸른 공기에 휩싸여 넓고 높은 대기를 향하는 자작나무였음 좋겠다.

우주의 운행을 잊은 시 말고, 인간을 모르던 시절에 갇힌 몸 말고,

비틀린 그림자 흔적 말고, 첫 숨결은

태백산 큰 바람에 몸부림치며 오르는 자작나무 꼭대기에 닿았으면 좋겠다,

그 짙푸른 빛에.

바다로 뚫린 막장
― 태백역에서

이성일

기차가 떠나자,

막차를 놓친 그가 대합실 안으로 들어왔습니다. 눈치로만
살아온 내게 그의 짧은 머리는 소매 속에 감춰진 문신의 나
머지를 뒷골목 어디쯤의 약도로 그려놓았습니다. 다짜고짜
투덜대는 넋두리와 덜컹이는 대합실의 낡은 유리창이 어두
운 생각의 나머지를 바람 소리로 울렸습니다. 나와 그 사이
에서 식어가는 연탄난로. 그가 다그치듯 말했습니다, 톱밥에
서 연탄으로 땔감이 바뀌었는데도 탄광 문은 닫혔다고, 주문
진 속초 어디 뱃일하러 간다고, 막장에서 막장으로, 해수면
보다 더 깊게 파 내려간 수갱을 버팀목 몇 개로 받쳐두고 뜬
다고, 어디로 가야

흔들리는 삶에 수평을 잡을 수 있을까요?

말문이 막혔습니다. 선뜻 내 떠나온 바다 주문진과 그의
막장 사이를 이어주기에는 너무 약한 생의 버팀목들이 말문
을 움켜쥐고 있었습니다. 딱딱하게 굳은 말을 하얗게 타들어

가는 연탄재에 묻어두고 돌아앉았습니다. 졸다 깨다, 눈꺼풀에도 무너져 내리는 그의 빈산에 온몸이 덜컹거렸습니다. 바다로 뚫린 그의 막장 속에서 스위치백식으로 오르내리던 삶이, 기적을 울리며 다가오고 있었습니다.

미카*는 달린다
―아버지의 고개

박성훈

앞바다에서 터진 함포 소리가
역 마당에 떨어졌다.

여섯 살 아이는
아궁이에 쌀만 숨기고 길 나선 아버지 따라
철암선 피란길 기차에 올랐다.

기적이 울리고
미카가 연기를 뿜었다.

묵호 동해 도경리 미로 상정 신기 마차리 하고사리 고사리
도계 심포리 통리

―재를 넘어야 살 수 있단다.

통리재 오르다 떨어져나간 객차 하나
사람들 비명 휘어 감고 통리협곡으로 사라졌다.

아궁이에 숨긴 쌀 걱정하던 아이는
내가 가본 적 없는 재와 재를 넘어 돌아왔다.

이장, 오징어덕장, 닭집, 공사장, 곰보, 아버지

―재를 넘어야 살 수 있단다.

이제 기적은 들리지 않지만
미카가 맵싸한 연기를 뿜는다.

* 미카도형 증기기관차를 일컫는 말이다. 1919년부터 300량 이상 도입됐으며, 현재 전량 퇴역했다.

전나무 아래로

이승규

마을이 떠났다

빈터에 서성이던 눈발이
아이들을 기억하려 읊조리는
허밍처럼

끊어지다 은은하게 이어가는 사이
시린 햇빛 내리고 만항재
흰 숲이 반짝거릴 때
네가 남겨두고 떠난 길을 걷다
후둑,
목덜미에 부서지는 눈덩이

누가 흔들었을까
저 높은 가지에 올라

웅웅거리는 산

신대철

저 살다 가는 길 모르는 게 인생? 콧노래로 '하숙생' 홍얼
거리며 산모퉁이 돌아가던 아저씨가 되돌아온다, 고장난 차
밑으로 얼굴을 들이밀며 바윗길에선 바위를 타고 넘으라고
강원도 산길에선 조인트가 문제라고 굵은 철사줄 건네주고
솔밭으로 올라간다.

흥겨운 아저씨 발길에 망설였던 길 다 딸려 보내자 하늘
트이는 대간길, 나무와 바위 사이 산목련 몇 송이 벌어진다.
그 위 황소 등줄기 같은 태백산, 그 위 사슴 머리 같은 함백
산, 구룡산 정상은 바람 한 점 없이 볼록한 능선만 남는다,
신선봉 깃대배기봉 지나 슬며시 솟아오르는 천제단

도화동은 지도에만 붙어 있고
필승사격장* 상공에선 느닷없이
괌에서 오키나와에서 온
제트기 편대 점점이 떠오른다.
기총소사에 미사일에 흙먼지

따따따따 쾅!

배낭 걸머진 채
사람들은 천제단 앞에 엎드려 있고

대간이 흔들린다.
숨은 봉우리들이 웅웅거린다.

능선으로 가는 길

조재형

   대대리에서 남한강으로 흘러드는 국망천 물소리, 새 밭은 아직 사람들의 잠 속에 있고 첫새벽을 여는 산새 울음소리 마을을 감싸고 돕니다. 돌다리 건너 어의곡으로 접어들자 간혹가다 내리는 소나기에 물이 불어 길은 흩어지고 물길을 거슬러 오르는 사이 계곡을 덮은 연둣빛 이끼에 젖어들어 쥐다래 잎새가 은빛으로 피어납니다.

산허리 돌아
길들은 조릿대 길로 모여들고
능선으로 밀어 올리는 비바람 속
불현듯 마주치는 그대

온몸이 젖은 채 피어오르는 온기로
마주 선 그대
그대가 나를 확인하는 동안
소용돌이치는 바람이 불어
내 손에 들고 있던 낡은 지도를

지워버렸습니다

갈 길 없이 길을 부여잡는
내 앞의 그대는 침묵을 피워놓고
능선을 따라 신선봉으로 갑니다

그대 가는 능선이
굽이치고 있습니다

검은등뻐꾸기

손필영

태백으로 가는 길을 미뤄두고
길 잘 든 산판 길로 들어서면 봄,
산모퉁이에 피는 연초록빛에 실려
더 내리지도 오르지도 않는
내 몸 네 마음이 둥둥 떠가는
고원 위의 높은 길

내가 살아온 길보다 높은 길
두 길을 동시에 걸어가는 한낮,
돌길 공터엔 산사태를 옆에 두고 따거운 봄볕에
젊은 기사와 함께 잠이 든 포크레인,
멀리 능선과 능선이 만나는 곳에서는
지평선이 굽이치고 있다,

검은등뻐꾸기 울음소리에 불려
길은 아래로 내려간다,
산마을엔 나지막한 집, 집같이

폐광 갱목 더미가 쌓여 있고
비탈진 길가
자장율사 지팡이에 돋아난 푸른 가시잎을 보는 큰스님,

큰스님과 나 사이를 무한히 벌리며
정암사 목탁 소리를 따라 어허 어허
검은등뻐꾸기가 운다.

고한에서 뜨는 해

이승규

도박판 금을 캐다 밑천 날린 아버지들이
칼날 같은 능선에 매달려 넘던 곳

금대봉에서 번져오는 바람에
금마타리 묵은 홀씨처럼 날려 온 나도
폐광촌 탄가루에 섞여 두문동재 넘는다

높은 철길 낮은 텃밭 지나
검은 사택 금 간 담벼락에
아이들이 그려놓고 떠나간 샛노란 해
두 눈 아프게 타오르고

그 해 마주보고 금마타리 피기도 전
막장 같은 내가 피어난다
피어나는 나와 나 사이 뚫린 골목에서
스르륵 들창 열리고 개 짖는 소리 퍼질 때
잡풀 사이 녹슨 그네들이 흔들거리며

대간 위로 떠오르고 떠오른다

그 바람이 어찌 좋던지
— 매봉산에서

손필영

그 바람이 어찌 좋던지
사람들은 매봉산으로 가네

그 바람이 어찌 좋던지
온 산 뒤덮은 배추는 돌을 뚫고 오르네

그 바람이 어찌 좋던지
꽃이란 꽃은 보랏빛으로 피네

안개
— 매봉산

김연광

차도를 벗어나면 녹은 땅이 질퍽이고
사람인가 싶으면 우뚝하니 나무가 서 있다
나무들은 까맣게 젖었는데 자작나무는 안개에 묻혀 있다
짙고 먹먹한 안개를 걷는 동안
정상을 찾고 사람을 찾아 위로 위로 오르지만
실은 안개 속에
두 사람
더 깊은 안개로 구름으로 숨는다
개 짖는 소리 저 아래 두고

산도
정상도 없는
안개 속을 걷는다

오대·설악산줄기

매듭
— 삼베마을에서

박성훈

개천 따라 고여 있는 집들
댓재 가는 길 삼척 고천리

담장 낮은 고천분교 건너
저녁연기 오르는 대문 없는 집
툇마루에 할아버지 한 분 앉아 있다

"여기가 삼베마을인가요?"

이젠 삼베 안 짠다며
내젓는 손바닥엔 씨실 날실 가득하다

그 눈빛 물끄러미 가 닿은 건넌방에
멀뚱히 앉아 있는 늙은 베틀

(아직 다 못 짠 게 있으실까?)

병풍 같은 두타산
헛기침하듯 솟아오르고

할아버지,
황급히 시선 자르시고
침묵으로 매듭.

두타산

장윤서

산이 깎인다
산 이름이 무너지고 마을이 지워진다
올라오는 마늘 싹을 달래며
대산 가는 길을 알려주시던
삼화동 할아버지의 허리가 더 구부러진다
대간으로 통하는 길들이
석회석을 옮기는 트럭에 실려
먼지 풍기며 뿔뿔이 사라지는 두타산

봄햇살은 한창
댓재를 거쳐온 사람들을 정상으로 끌어올리고
새파란 순들을 잔설 위에 점점이 뿌려놓는데

채석장 발파 소리
생강나무 향내를 집어삼키며
두탄산에 쾅, 쾅
부딪친다

대간길
끊겼다, 이어진다, 끊겼다,
흔들리고 흔들린다
도토리나무
싹들을 아슬아슬하게 대간에 걸쳐둔다

소금길
— 백봉령에서

박성훈

달방댐 지나
화장터 지나

물끼 없는 바다는
구불구불하다

소나무 구상나무 신갈나무
뿌리에 스민 한 줌의 사람들과
동생

고갯마루 삼거리는
죽은 자들의 숲

갈 곳 모르는 듯
하얀 바람
밑동을 맴돌다 웅얼댄다

이쪽은 임계
이쪽은 옥계
이쪽은 동해

저쪽은?

벼랑소나무

김일영

백봉령에서 생계령으로 이어지는
능선 한쪽
벼랑에 뿌리내린 소나무
소나무 주변을 떠나지 않는 잠자리 떼 날갯짓 너머
허옇게 파헤쳐진 자병산 석회 채취 현장
운해가 흐르는 계곡
트럭 엔진 소리 아래에서
은방울꽃 열매 익어가고
바위 뚫는 해머드릴 소리 옆에서
솔나리 꽃잎 벙글고

폭파 소리와 함께 사라지는
자병산을 지켜보던 소나무
벼랑을 붙들고 있다

비 오는 신갈나무 숲
—임계 카르스트에서

박성훈

빗방울이 떨어진다.

숲이 잠기는 동안
가까스로 텐트를 세운다.

사람의 일을 잊고
젖은 몸 웅크리고 앉으면

신갈나무 잎사귀
구르던 빗방울 뺨에 떨어진다.

차갑다.

이곳에선 누구나 낮아지리라.

멀리, 능선 아래 불빛
누군가를 향해 깜박, 인다.

삽당령

윤석영

임계로 가시나요? 가는 곳 어디든 가다가 힘들면 잠깐 쉬어 가시죠, 삽당령입니다.

굽은 길 돌고 고갯길 넘다 보면 녹슨 기계마냥 삐걱대고 겉돌기도 하고, 무릎이 꺾일 때도 있을 테죠?

앞만 보고 가다가 계절이 바뀌는 줄도 모르고, 아이들이 보내는 목소리마저 놓치셨다구요? 그 생기발랄한 새싹들의 메시지를?

쉬다가 운 좋게도 노랑무늬붓꽃이라도 만날 때쯤, 지난겨울에 놓친 그의 눈빛도 찾아보세요, 간밤에도 보냈다는 그의 흔들리는 눈빛을

잃어버린 게 있다면 그게 뭐든, 그건 분명 더딘 걸음 속에 있을 겁니다, 혹시라도 하늘다람쥐 쪽잠에 들었다가 잃어버린 걸 되찾게 된다면?

석병산에서 닭목령으로 줄달음하는 꽃들도 쉬어 가는 곳,
고승도 짚고 온 지팡이를 꽂는 곳, 지금, 여긴, 삽당령입니
다.

안반데기* 산울림학교

이성일

닭목에서 대관으로
영과 영을 이어가던 대간길은
고루포기산 넘지 못하고
안반데기 너른 배추밭
거대한 풍력발전기
거대한 멍에전망대에서
바람개비처럼 돌고 돈다.

대설주의보 발령될 때마다
헬리콥터가 생필품을 보급하는
산간지대

가을걷이 끝나면
감자도 배추도 시든 몇 이파리
쌈짓돈으로 구겨지고
텅 빈 마을에는 눈발만 날린다.

내리지 않고 골바람 따라

솟아오르는 눈발 따라

화전에 돌밭 돌덩이만큼

쌓여 있는 멍에만큼

쌀밥에 쌀떡 모락모락

김 오르는 곳에서 다시

마을을 이루라고

포성에 놀란 아이들에게

포탄피로 학교 종 울리며

메아리를 보내는 최명수 선생님

*   강릉시 왕산면에 있는 해발 1100미터의 고산지대로 떡매로 떡쌀을 칠 때 받치는
    안반처럼 생겼다고 하여 붙여진 이름이다. 1965년 국유지 개간을 허가하면서 산
    간오지에 흩어져 살던 화전민들이 들어와 마을을 이루어 살고 있다.

자기소개서

이성일

골안개라고 쓸까?

대관령 고개를 넘을 때마다, 기우뚱 휘청 튀어 나가는 마음에 안전벨트 채우고, 정신의 기압골 따라 산을 넘다가 번쩍, 천둥 번개를 동반한 한랭전선에 어두워지는

집어등이라고 쓸까?

산꼭대기 바람이 수평선 너머로 옮겨 붙인 마을 불빛에 홀려, 붕어빵 같은 아이들만 헛되이 그물질하는

여행용 티슈?

아내의 젖가슴 사이로 흐르는 눈물의 골짜기를 빠져나올 때마다 한 장씩 줄어드는,

나? 구겨지고 버려지는

나를 다 모아놓고

스치는 것 다 태우는

노을 속으로 걸어가 볼까?

재활용 폐지처럼
주름진 삶을 다림질해볼까?

생강나무꽃 향을 맡아봐

오하나

신사임당이 어린 율곡을 데리고 넘었다는
대관령 옛길

일행 중 아빠를 따라온 소년이
생강나무꽃 향을 맡아보라는 아빠를 지나
계곡 바위에 올라선다
잠시 먼 곳을 바라보다 성큼
바위에서 바위로 가는 소년

아들을 데리고 고개를 넘던 신사임당도
처음 가는 길이 설레는 아들에게
현호색이며 노란 제비꽃을 보여주었을지도

엄마를 따라 고개를 넘던 어린 율곡은
대간을 가로질러 가는 곳이 어떤 곳인 줄 모르고
엄마 옆을 통통 뛰어갔을지도
그 고갯길에 생강나무꽃 노랗게 피었을지도

소년이 아슬한 바윗길을
계곡 따라 내려가는 동안
저만치서 소년을 감싸는 눈빛

맡으면 기운이 난다는 생강나무꽃 향
고갯길마다 노랗게 피었다

옛길에서 만난 봄

윤석영

속새 피리 소리에 이끌려 능선으로 올라선다. 처음 걸어도
옛길이 되는 대관령 옛길, 오래된 약속 같은

능선에서 길목까지 마중 나온 생강나무, 이 길 걷는 누구
든 발길 머물게 하는 향기, 그 향기에 취해 좀 더 은밀한 길
로 들어선다.

그러나, 꽃향기에 취할 겨를도 없이 자꾸만 눈에 밟히는
강릉의 노모, 꽃보다 아름다운 그 마음
대관령에서 내려다본 세계를 한 점 〈대관령〉으로 줄여놓
고, 동해의 해처럼 낙관을 찍는 그 마음
신사임당과 단원이, 이름 없는 백성들이 우리들 백두대간
으로 뿌리내리는 동안
능선 넘어온 사람들, 넘어갈 사람들, 주막 처마에 산 그림
자 내려앉기 전, 마음 잠시 내려놓는 반정
사랑하는 사람들 아득해질 때마다, 뭉게그리움 안고 고갯
길 넘던 사람들, 넘는 사람들

옛길을 걷는 내내 생강나무가 나를 후려쳤다. 강릉이 신사
임당을 후려치듯, 대관령이 단원을 후려치듯, 머리맡 사천
앞바다 파도 소리가 이명으로 들렸다. 어제가 처음처럼 낯설
었다.

생강나무는 깊어진 어둠까지 따라왔다. 산 그림자 이슥한
새벽까지 따라왔다. 밤새도록 꽃이 된 사람들이 나를 후려쳤
다. 스승과 친구와 동생의 얼굴을 하고서

눈길 닿는 곳마다 생강나무가 지천으로 피어 있다.

더듬어 가는 옛길

신대철

고원에서 흰 구름과 하룻밤을 보내고
대관령 옛길을 걸었다.

그날 밤 시를 쓰려고 옛길을 불러왔다.
범일국사, 김유신, 단오제, 까마귀
선자령 가는 능선길, 비릿한 바람 냄새
무당, 반정, 댓숲, 생강나무꽃
홍성, 이달, 허균, 소금장수, 보부상, 신사임당, 허난설헌,

이름만 남은 길 떠돌다가 두 주 지나
다시 시를 쓰려고 옛길을 불러왔다.
굽이치는 대관령 옛길, 움직일 때마다 해체된 시간이 먼저
내리막으로 쏟아진다. 네가 여기 있는 건 영을 오르내린 사
람들 때문인데 강기슭 돌아가듯 휘어진 내리막길만 본다. 갓
핀 생강나무꽃만 본다. 얼굴 없는 얼굴은 보지 않고 주막에
들어앉은 나그네 그림만 본다. 계곡을 흔드는 개구리 소리만
듣는다. 네 안에 무슨 일이 일어난 것일까? 혼자 떠돌아다니

는 동안 잡동사니 생각을 뭉쳐 네 몸에 맹목렌즈만 남긴 것
일까? 그래도 반정 지나 사람의 체취 스치면 너도 한 걸음씩
너와 가까워지면서 네 몸속에 도는 거친 힘에 이끌려 옛길을
들락날락하리라. 허균이나 허난설헌이 아니라도 네 보폭에
숨 막히는 말 섞이리라.

삼 주 지나
다시 시를 쓰려고 옛길을 불러왔다.
대관령을 잊고 내려가다 멈췄던 길,
바위 밑을 보려고 흙을 만져보려고
물소리를 들으려고 구름을 놓으려고
잠시 멈췄지만 가지 않은 길

있지 않은 길
그 길에서 심장의 소리를 듣는다.

길
—선자령에서

김일영

절벽에서 능선으로

보이는 것 너머로 길은 계속되리

세상의 모든 살아 있는 것들 사이로 길이 나 있듯

깃털 하나 남겨진

수풀 속 작은 새집을 생각한다

떠난 새를 위해

새집을 닮아가는 길

아, 길이 나를 잡아당긴다

가야만 하는 아득한

그 끊기지 않는 이어짐이

나로부터 나를 불러내게 한다

피아골에서부터였을까

백두대간을 따라온 바람이

선자령을 넘어갈 제

지친 새 한 마리 길 속으로 날아들고

맑은 영혼 앞질러 간

오래된 길이 나를

앞으로 나아가게 한다

박새 건너오고

윤석영

몰려다니는 양떼구름 따라
소황병산 숲속으로 들어갔다.

숲 깊숙이 들어와 물줄기를 찾아가는데 갑자기 숲이 환해
진다. 연분홍 치마 곱게 차려입고 마실 가는 얼레지, 양산을
펼쳐들고 그 뒤를 따르는 박새, 귀를 쫑긋거리는 노루귀, 한
참 한눈팔고 있는 나를 지켜보던 박새 한 마리가 내 머리 위
로 날아와 앉는다.

내가 사람인 줄도 모르고?
고개를 돌려도 다시 날아와서는
어깨에, 등에 내려앉는다.
가만히 나를 들여다보다
나뭇가지 건너가듯 나를 건너간다.

박새 건너가고
내 몸에 체온이 돌기 시작한다.

단풍

김일영

번져온다

오랫동안 디뎌온 토방처럼

안겨오는 산

놀이터 아이들 미끄러지듯 번져온다

오를수록 짙어지는 빛깔

말을 아끼면 저리 물드는가 보다

나는 물들어 가는가

다릅나무에서 말 하나 떨어진다

비탈길에 머무르며

오르내리는 사람에게

아껴왔던 이야기를 내어놓는다

동대산이 한 걸음 다가서고

노인봉이 알아들었다는 듯 키를 낮춘다

듣지 못하는 사람들만이

이야기를 밟으며 간다

너덜해지도록 뭉개진 이야기가

귀먹은 사람들 사이를 빠져나와

어디론가 간다
팽팽하게 달아오르던 오대산이
평심을 되찾고
이야기는 아래로 아래로
백두대간을 타고 번져간다
이야기 속을 빠져나와서도
귓가에 남은 이야기들
저들의 이야기가 다시
두런두런 들려올 때까지 또 얼마나
귀를 닫아두어야 할까

어떤 오대산

이승규

소황병산, 노인봉, 동대산이 바라보이는
비로봉 표지석 앞에 사진 차례 기다리는 일행을
한참 기다리다가 내려간다
적멸보궁 돌계단 따라 돌스피커에선 불경 소리
등산객과 신도가 뒤섞여 걷는 눈 다 녹은 길
상원사 화장실에서 아이젠을 뺀다
상원사 동종 비천상을 볼 새 없이
차들이 줄지어 선 숲길을 빠져나간다
진고개로 방향을 틀기 전
오늘 새벽 날이 새며 들던 길 편을 바라다본다
고속도로 눈발을 뚫고 톨게이트 지나자
꿈결 같이 새하얗던 진부 거리
자동차와 건물도 눈 뒤집어쓴 짐승들
막 잠 깨려는 싱싱한 길 위로
달아나려는 눈구름 위로
외딴 암자 문풍지에 파르르 떨던 능선
신발에 새끼줄 묶고 넘어지며 걷던 산턱

표지석도 없이 온통 눈이 아리게
맥박 치며 떠오르는 그 오대산

벼랑능선에 길을 올린다
—산늪 2

이성일

올라갈수록 바닥이 보였어
나를 향해 빛나는 건
달빛뿐이었지, 저 달
따라가 볼까?

발이 닿지 않잖아, 가라앉잖아, 습지로 빨려드는 내 영혼
의 침샘과 단내 나는 입술의 숨이, 통발에 끈끈이주걱에 스
며들잖아, 한기를 느끼라고? 통발 같고 끈끈이주걱 같은 내
몸 곳곳에, 층층이 쌓여 있는 토탄층의 주름을 당겨보라고?

내 영혼에 물빛이 돌았어, 삶을, 바닥에서부터 튕겨 올리
는 소황병산 늪지의 물소리가 등줄기를 태우며 솟구치잖아,
선자령에서 백복령으로, 마루금을 긋다가 주저앉는 대간의
숨통 틔우며, 달빛으로 타오르잖아

이상하지? 올라갈수록 바닥만 보였어

시계 제로
—곤신봉 대공산성 터에서

이성일

새벽 6시, 밤새 내리던 겨울비 진눈깨비로 바뀐다. 횡계버스터미널로 향하는 차창 유리에 세차게 부딪치는 눈보라, 입산 통제와 조난 사고 사이를 쉴 새 없이 오가는 와이퍼,

삐걱대다 멈춘다. 국사성황당과 대관령 옛길이 갈라지는 곳에서 지난 봄길 불러와 기웃거리다 선자령으로 발길 돌린다. 나즈목이 지나자 굵어지는 눈발

다시 삐걱대는 무릎관절, 아직 11시. 한 번 더 일몰 시간을 확인하고, 안개 눈 자욱한 바람 속을 걷는다. 아직 13시,

야생이 뭔지도 모르면서, 거리와 고도를 시간으로 바꿔 읽다 곤신봉에서 휘청. 순간최대풍속 24미터퍼세크, 시계 제로. 서둘러 대공산성 쪽으로 방향을 돌린다. 양력에서 음력으로, 시간마저 화이트아웃.

1894년 음력 11월. 홍천군 내촌면 물걸리에서 백기 펄럭이

며 혁명의 바람으로 백두대간을 넘나들던 동학군 유격대장
차기석 접주*. 1895년 을미 12월, 대간 산군山群에 흩어진 포
수들 모아 대공산성에 집결시키고, 일본군과 결전을 치른 민
용호권인규송형순이병채권종해권익현권명수이경한김윤희
최중봉신돌석성익현정경태이강년이소응…….

미친 듯 펄럭이던 시간들 눈덩이처럼 굴러 내린다. 무너진
산성 터 여기저기에 흩어져 있는 성돌처럼, 돌 같은 이름처
럼, 들썩거린다. 그때

쏟아져 내리던 구름 안개 바람의 절벽 위에서
반짝하고 빛나던 것은 무엇이었을까?
웅웅거리던 풍력발전기의 거대한 블레이드?

두려움을 빛으로 변환하려고?

멈출 듯 멈출 듯 맞바람 안고 돌다

바람 저편에 흩어져 날린

눈 같고 얼음 같은

동학농민군들의

혼?

눈, 눈, 화이트아웃.

옛살라비

까망올챙이 떼 꿈을 키우고

꽃잎 다 떨군 산벚꽃나무 산 너머를 기웃거리고

조경분교 운동장에 남겨진 아이들의 재잘거린 소리들이

되돌릴 수 없는 기억처럼 잉잉거리는 아침갈이

아이들 대신 자란 자작나무 가지 위에서

나를 지며보며 연신 고개를 갸웃대던 휘파람새가

못 볼 것을 본 것인 양

다급한 날갯짓으로 날아올라 아침갈이를 물고

더 깊은 계곡으로 숨어버린다

누군가 살다 간 집 한 채

떠난 집주인이 돌아오지 않을 것을 아는

집으로 들어가는 길들이

스스로를 지워가는

인간들의 옛살라비

나는 숨소리 감추며 아침갈이를 빠져나온다

아침갈이

최수현

어디로 들어가는 줄도 모르고 졸다가
멈춘 차 밖으로 나가니
깊은 산속 아침갈이
내 눈엔 흰 구름 아래 집 한 채,
그러나 사람들이 떠나간 집
내 눈엔 마른 풀들 반짝이는 빈 터,
그러나 놀리고 있는 땅
예전엔 농부가 아침나절 갈던 밭

(대간길에 점점 돋을새김되는 진짜 아침갈이)

방태산으로 향하는 길가,
싸리꽃 눈부신 흰 빛이 따갑다.

고려엉겅퀴

조재형

소금장수 서림에서 넘어오고
화전민 양양장으로 넘어가던
조침령 옛길 찾아
바람불이로 불려 갑니다

기운 주막 고쳐 세우고
기어드는 고려엉겅퀴 손님 삼아
함께 가을볕을 쪼이는 할아버지
여기가 조침령 옛길이라며
주막을 돌아서 조릿대 사이로
길을 열어놓으십니다

영마루를 가리키는 할아버지 손가락 끝에
조침령이 걸려 있습니다
그 길 받아 서림으로 가는 길
잡목 숲으로 사라지고
대간으로 길을 바꾸는 사이

사방에서 흔들리는 고려엉겅퀴

바람 맞을수록 가시를 솜털로 바꾸고

연자주빛 꽃송이를 불쑥 내밀었습니다

조침령 옛길 같은

옛길에서 들려오는 할아버지 음성 같은

병아리꽃

조재형

가을걷이를 끝내고 산을 내려가는 사람들 뒤로
가막살나무 잎이 떨어진다
산모퉁이 돌아가는 발자국 소리
여울물 소리로 밀어내고
산비탈을 오르는 할아버지
발걸음을 바삐 놓는다

"팥대를 꺾어야지, 땔나무도 쌓아놓아야지"
찾아갈 곳도 찾아올 사람도 없을 산비탈에
허리를 구부려 팥대를 꺾는다
때늦은 팥대를 꺾을 때마다
이리 튀고 저리 튀는 팥알들
팥알이 스치고 스치는 사이 일생이 스친다

홍수로 밭대기 휩쓸려 나가고 절벽에 매달린 대문 앞에서
멍하니 물살만 바라보다가 기울어진 처마 밑에 매달린 팥씨
가슴에 품고 꽁바치*로 들어와 잡목 숲 탁탁 튀는 불씨 두드

려 비탈을 갈아엎던 그해, 독버섯인 줄도 모르고 굶주린 아
들에게 죽을 덜어주던 손이 자꾸 떨려 팥대를 놓친다

　팥 튀는 소리에도 온 산이 울린다

　산울림에 떠가는 뭉게구름 대간을 따라 흐르다
　산봉우리에 걸쳐 노을로 풀어지고
　노을 한 줄기 품고 들어와
　아궁이에 불을 지피는 할아버지
　긴 겨울을 태우며 닭둥우리를 만들고
　촘촘히 알자리를 짠다

　다가올 봄엔 노란 병아리꽃이
　맨 먼저 피리라

*　강원도 진동리에 있는 마을 이름. 꿩이 많이 내려오는 밭이라고 해서 '꿩바치'라
　하였는데 발음하기 쉽게 '꽁바치'로 부른다.

씨를 품고

장윤서

뒷마루 앞 사과나무는 열매를 잊은 지 오래
박새 울음만 간간이 열리고
홰만 치며 울기만 하는 수탉
병아리 볼 생각은 안 한다고
막걸리 같은 걸쭉한 웃음을 찬으로 더 내시던
황톳빛 투박한 손, 꽁바치 할아버지

꽁바치, 이 외딴 마을까지
팥씨만 품고 내린천처럼 깊숙이 흘러와
낯선 잡목 숲에도
홍수로 모든 것 휩쓸려간 젖은 기억에도
불을 놓고, 또 놓았는데

독버섯죽 먹다 죽고
물에 빠져 죽고
돈 벌러 간 도시, 계단에서 굴러
죽고 죽은 네 아들들

무엇을 품고서
이 마을 밖
더 외지고 외진 곳으로 떠나갔는지
점봉산 너머로 넘나드는 차가운 바람이
흉흉한 가슴에 젖은 땔감처럼 하릴없이 쌓여가지만,

사과나무를 땔감으로 쓰지 않고
울기만 하는 수탉, 없으면 적적하다고
꽁바치로 팥씨 품고
처음 들어오던 그날처럼
사과나무 품고서
수탉 울음도 품고서
아궁이, 꺼져가는 그 엷은 숯불을
오늘도 연신 들춰대는데

돌단풍꽃

장윤서

무슨 힘으로
땅끝에서
여기 미천골
그리고 강원도 고성까지
걸어왔고 또
걸어가는 것일까

꽁바치 찾아가다 우연히 동행하여
민박집 조촐한 저녁상까지 겸했는데
한 이는 삭발했고
한 이는 속내를 감추는구나

조침령 옛길, 처음 봤던 야생화 하나하나에
수줍게 이름 달아 술상에 걸어두고선
말도 없이 술도 없이
미소만 짓는구나

먼 길을 걸어왔다지만
이제부터 시작될
그녀들의 먼 길

모래바람 속, 양양으로 향하는
그녀들의 가벼웁고 무거운 발걸음은
어디서 뿌리내려
탐스런 머리 길러낼까
닫힌 속내 틔워낼까

미천골 계곡에서

오하나

손 한 번 담가도 등골 서늘한
차디찬 급류로 휘몰아치다가
소리를 다 집어삼키는 폭포로 떨어지다가
바라보기만 해도 두려운 검푸른 용소로 깊어지다가
골짜기를 걸어 걸어 효험을 바라고 온 이에게
어둑한 숲속
이끼 진한 기암 사이
영검한 약수 한 모금으로 흐르는
미천골 계곡

북암령에서

김일영

한계령풀을 보기 위해 북암령에 갔다

백두대간을 타고 불어오는 바람

곰배령을 흔들고 단목령을 지나

북암령까지 왔다

가늘게 떠는 노란 꽃

누구는 언제 진급했고 이번 서열은 누구까지라는 둥

오가는 말들을 들으며 나는

관심이 없는 척 한계령풀에 관한 메모만 했다

메모한 종이를 펼쳐본 것도 잠시

주머니에 구겨넣고

북암령 고갯길을 올라본다

어떻게 되었을까

무거운 발걸음 잠시 내려놓으며 가쁜 숨 내뱉자

박새풀 큰 잎사귀 가로저으며 멀게 웃음소리 낸다

바다 내음이 능선마다에 걸리며

북암령을 넘어갈 때

밟힌 돌맹이 빠지며 중심을 잃고

길을 칡넝쿨처럼 감아쥔다
뒤따라오던 길이 기우뚱 뒤집힌다
뒤집힌 길을 물고
오목눈이새가 골짜기로 사라진다
입신의 미련을 버리지 못하는
내 속내를 보았을까

한계령풀이 나를 쳐다보다가
서둘러 지상의 생을 지운다

한계령풀꽃

이성일

그 꽃 보려고, 그렇게 또
사라져버릴지 모를 야생화를 보려고
북암령으로 올라갔습니다.

같은 꿈을 향해 흐르듯 걷는 일행을
놓치지 않으려고 앞만 보고 걷는데

'꽃이피었습니다꽃이피었습니다무궁화꽃이피었습니다'

희미하게 울리는 환청에 놀라
누가 돌아보는 것도 아닌데 멈췄다 가고
살며시 다가서다 다시 멈춘 자리에는
당신 당신 당신 같은 한계령풀이
꽃대를 흔들고 있었습니다.

살아보려고, 하얘져가는 낯빛을
봄볕에 그을리다 호명당한 당신

돌아보세요, 입 하나 덜어
동생들 살린다고 두만강을 건너다
물살에 휩쓸려간 금강 꽃제비를
돌아보세요, 죽지 않으려고
비상계단 난간에 비닐 치고 뒤엉킨
멧감자풀이, 보일 때까지

흰 산 1

1

흰 산 아래
눈 내리는 마을이 있다, 눈은
마을에 닿지 않고 산꼭대기 나무나
바위에 닿아 산을 녹인다.
마을 사람들은 누구나
녹아 흐르는 산을 마신다.

2

　그러나 녹지 않고 쌓인 눈은, 마을 아래로 생나무 토막을
굴려 내린다. 얼어붙은 마음의 생가지를 쳐내지 못하고, 줄
기째 부러져 울부짖는 산, 산울림 소리에 잠이 깬 사람들은
더 깊이 잠들기 위해 아궁이 가득 군불을 지핀다, 더러는 잠
들지 못하고, 연기처럼 피어올라 어디론가 흘러가 버리는 사
람들,

오대 · 설악산줄기　197

3

입김만으로도 서로의 집이 되는 사람들의 체온에 녹아 흐
르는 길이 있다. 길은 골목골목을 피톨처럼 돌다가 떠난 자
들이 가져가 버린 세상과 남기고 간 허공에 발자국을 찍으며
서낭당 당목 주위를 서성거린다. 길과 길이 맞닿아 틀어진
당목 꼭대기에선 어둑해지던 하늘이 지평선을 내리고 있다.

4

빈집도 있다. 감 끝에
감나무 달고 도시로 간 자들의
뿌리를 움켜쥔 마당 빈 집이 있다.

집은 위태롭다. 까치보다 먼저
까마귀 내려와 까치밥을 쪼아대면

내장 같은 노을이 터져, 악착같이

감나무를 달고 있는 감이 있다.

얼음장을 녹이며
― 실폭에서

윤혜경

설악을 흔들며 지나던 매서운 바람이
바람에 몰려 차갑게 날리던 눈발이
절벽에 매달린 실폭 위에서
모두 얼었다

사람들 빙폭을 오르고
절벽을 거슬러 빙폭은 계곡을 오르고
퍼런 이끼, 휘어진 솔가지 일으키며
사람들 하나둘 겨울 산으로 넘어가면

저 멀리, 환한 햇살 속에
대승폭 가슴 한복판을 활짝 열어놓고는
또다시 쉴 새 없이 달려오는 봄

가슴께 만져지는 두꺼운 얼음장을 녹이며
숫구쳐 흐르는 물소리 새소리 울리며
쿵쿵, 절벽을 뒤흔들며

실폭을 오르고 있다

실폭 가는 길

손필영

겨울나무 사이를 걸어
냇가에 닿았습니다

날지 않고 징검다리로 건너가는 박새들
날지 않고 징검다리로 건너가는 잎새들

나는 네 발로 걸어서 물 건너고
두 발로 섰습니다, 그 순간
내 몸속으로 원시인이 숨어버립니다
이 아침 어딜 가시죠?
실폭 찾아갑니다
처음 듣는 사냥감이군요, 굴에 있나요?
절벽에 있습니다, 같이 가시죠

두 발로 기며 가는 길
맑은 햇살이 얼음 위에 네 발 그림자를 비칩니다

대승빙폭
— 빙폭 6

조재형

모든 것이 불확실하다
정오를 지나는 태양은 빙폭을 사정없이 녹이고
내리꽂는 고드름 덩어리들을 피해
고드름 사이로 파고들면 쏟아붓는 낙수
온몸이 젖어오면서
체온은 급격히 떨어지고 있다

햇빛은 공포와 안도를 동시에 거느리고
대승폭을 내리쬔다
바일을 지탱할 수 없는 고드름을 쳐내면
닿지 않는 빙폭의 처마뿐이다
빙폭 중턱에서
불확실한 스크류에 의지한 채
내려가야 하는지, 바일을 휘둘러야 하는지,
오르면서 내려가고 있다

크럭스를 벗어나야 한다

고드름보다 먼저
두려움을 쳐내고 나를 쳐내고
부실한 얼음에 바일을 찍고
허공을 끌어 올릴 때마다
천근의 검은 그림자 딸려오고
나를 끌어 올리는 그대
나도 모르는 사이
대승폭을 올라 가리봉 능선을 바라보고 있다

능선 따라 떨며 솟구치는 그대
첫 햇빛에 눈이 부시다

그대에게 가는 길
—빙폭 1

조재형

화채능 넘어온 눈보라 내리지르고
토왕골에서 몰아쳐 오는 눈보라 휘몰아쳐 올리는
토왕성빙폭

그대는 내 앞에 휘도는 두려움을
하나의 줄로 묶어놓고
나를 앞서 빙폭을 오른다
끊어진 빙폭을 이어 오르고
오버행을 넘어서
눈보라 속 보이지 않는 그대
풀려 나가는 줄을 타고
손끝에서 온몸으로 떨려오는
그대의 거친 숨소리 따라
나도 오르고

그대 거친 숨 몰아쉰 자리마다
스나그 박혀 있고

스나그 빼낼 때마다
스나그 박는 소리
쩡쩡 울려오고 울려오는
빙폭

빙폭을 올라서도
나는 끝없이 그대에게 가고 있다

새

신대철

눈벼랑 밑에서 새소리 들린다, 토왕폭으로 가던 사람들도
새소리에 귀 기울인다, 숨 쉬려고? 사람 사이로 새가 드나든
다, 내려앉을 듯 사람 사이를 빠져나갔다가 손 가까이 내려
앉는다, 사람이 모인다

소근소근
눈 위를 걸어가다
빙긋 웃는 새,

모두들 일행처럼 둘러선다, 언 사람과 햇살과 생강나무와
상처받은 사람과 찬 바람 옆옆 봄사람이 번갈아 마주본다,
빙긋 웃는다, 새 날아가자 사람과 사물 사이 사라지고 온기
가시지 않은 그 자리에 둘레만 남는다, 빙긋 빙긋 웃는 모습
같은

송진을 묻히고

장윤서

돌아갈 길 하나 없는
용아장성능 직벽
앞서 내려간 당신은
발밑으로 솟구친 낭떠러지도 잊은 채
떨어질지도 모를 나를 위해
바위를 잡고 딛는 내 손발 자리마다
고스란히 당신을 놓아둡니다

한 사람을 받치기 위해, 당신은
얼마나 높은 직벽과 마주한 자신을
기꺼이 내던졌을까요

송진 향 맡으면 힘이 솟는다며
내 코끝에도 송진을 묻혀주던 당신
암능에 드리우는 어둠을 헤쳐가며
저만치 앞서가는 당신에게서
끈끈한 송진 냄새가 밀려옵니다

백두대간 향해 가는 설레는 발걸음들

가파른 절벽에도 새소리 편안하고

저 멀리 공룡능선에서도

향기가 밀려옵니다

바담풍

이성일

바람은 언제나
바람처럼 불었지

바람 없이도
빙빙 도는 세상

바람 잘 날 없다가
바람 불지 않아도
흔들리는 건

잡힐 듯 잡힐 듯
사라지는 바람 때문?

바람은 그래도
바람처럼 불었지

바람처럼 불어야

가벼워진다는 듯

관광버스를
미친 듯 흔드는
신바람처럼

검붉은 내 나이가 어떠냐는 듯
사랑만 무조건이 아니라는 듯

발갛고 얼콰한 그
단풍에 단풍 들어야

삶도 절정으로
치닫는다는 듯

핏기 잃어가던
설악산 흔들바위

바담풍 바담풍 하면서
건들거린다

수렴동에서 오색으로

윤석영

1

백담사 수렴동계곡 오르는 길에
발길 멈추게 하는 염화미소

바위에 뿌리내리고 계곡 아래로 흰빛을 내려보내는 돌단
풍꽃

2

맑고 차가운 계곡물 속 열목어 떼 들여다보다
혼자서도 모이지 못하는 나를 빤히 들여다본다.

3

계곡을 건너면 가파른 길로 이어진다. 길 끝에 붙어 있는
봉정암에 배낭보다 무거운 나를 내려놓고 대청에서 불어오

는 바람 속으로 들어간다. 소청쯤에서 날이 저물어 야영을
하기로 한다. 눈잣나무처럼 낮게 엎드리고 텐트 안으로 들어
선다. 텐트 밖에서 산짐승처럼 밤새 어슬렁거리는 바람 소리

4

대청에서 오색으로 내려서는 길
막무가내로 길 한가운데를 막아서는 함박꽃나무
어쩌면 그건 하얗게 부풀어 오른 바람 뭉치였을까?
목화송이처럼 부풀어 오른 몸으로 오색에 닿는다.

5

한 모금의 오색약수가 입 안에서 흩어졌다 모인다.
흩어지는 나를 간신히 불러 모은다.

오색석사 뒤뜰에 오색꽃이 피었었다지?

오색꽃으로 흩어졌다 모이면 무지개꽃이 필까?

내다보려면

한국호

버스에서 내렸다
진부령에서 마산령으로 이어지는 길 찾아
동서남북도 모르는데 지도도 없이
나 사는 얘기 하며 걷다
햇빛이 정수리까지 올랐다
결혼 안 한 네가 결혼을
아이 없는 내가 임신을
초입도 찾지 못하고
너 사는 얘기 듣다
용대리로 내려왔다

목덜미가 따갑도록 걸어
백담사 계곡에 들어서야
나무가 보이고 바람이 분다
살 것 같다
이제야 사는 것 같다고
말없이 물소리 좇는다

눈 감고 보이는 걸
내다보려고

내설악

한국호

산에 내리는 첫눈. 앞이 보이지 않는다. 걸음을 재촉할수
록 눈은 무섭게 쌓인다. 미끄러지며 첫눈에 안길 땐 즐겁다
가도 삼 일 고립. 발이 빠진다. 먼저 내려간 스님의 발자국
앞서가는 일행의 발자국 밟으며 내일 약속 아르바이트 더듬
으며 내려가는 길. 눈길은 점점 깊어진다. 무엇에 고립되지
않으려는지 잠길 겨를도 없이 쫓기듯 백담사로 용대리로 계
속 내려가는데
　뒤돌아보면
　설악산은 이제 시작이라는 듯
　제 속에 잠기고 있다.

오세암으로

이승규

1

깊은 밤

등은 끓는데 코는 시린
절간 방

문밖에 누가 스친다

몸이 곯아떨어지고
잡념이 말똥말똥

스슥, 스스슥

세상 피해서 누가?
세상에 속은 김시습
세상에 상처받은 한용운 말고

적막한 절간에 누워
들들대는 가슴 쥐어뜯으려고
세상 밖에서 자기를 들여다보고
키득키득 헛웃음 삼키려고

방문을 연다
속이 훤한 설악산

2

첫눈

아득하다

눈발과 눈발
나무와 나무

사람과 사람 사이

옆에 있어도
멀리 돌아가서 말하고
멀리 돌아와서 끄덕이다
두절된다

산과 산 아래 사이
누가 드나들까

3

귀를 때리는 눈발

내년에나 눈이 녹을 거라고
늦기 전에 떠나라고
스님 한 분 백담사로 내려갔다고

방한모 신고 등산화 쓰고
허둥지둥 암자를 나서지만

퍼붓다 쌓이다 솟구치는 눈
갈 길이 온통 허공

눈 무게 못 이기고 쓰러진
아름드리 나무 돌자
희미하게 반짝이는 발자국
수렴동계곡으로 나 있다

발자국에 쌓이는 눈, 눈 소리
들릴 듯 들리지 않는 낮은 음성
얼얼한 채 뜨거워지는
그 사람의 숨결 좇아 한 세상으로
앞선 발자국에 내딛는

한 발

마장터 산행

오하나

작은새이령 지나
마장터 가는 길에
마을을 지키는 서낭당
신목 아래서 눈 감으면 스스슥
실눈 사이로 스치는 다람쥐
등산로 비켜나 낙엽송 군락 사이로 길을 낸다

장도 서고 집도 있고 밭도 일구던 곳
화전정리사업으로 사람들 떠난 자리에
빼곡히 심은 낙엽송
마을은 사라지고 없는데

인적 드물수록
이끼 낀 바위에서
무성한 수풀에서
울창한 나무에서
오래된 기척

숲을 가득 메운다

어딜 가도 절벽이네

조재형

사람 흔적만 봐도
흔들리는 대간길
신선봉을 내려와
무너진 성황당 돌 더미에 이르면
새이령
누군들 그냥 스쳐 지나갔으랴
갈 길 내려놓고
갈 데 없이 떠도는 혼을 달래며
새이령을 넘나들었으리

영은 마장터로 내려가고
바람은 능선으로 몰려가네
암능을 타고 너덜 지대에서 휘청거리다
병풍바위를 지나 마산

마산 봉우리는
참호와 참호

벙커와 벙커에 걸쳐 있고
대간길 절벽으로 떨어지네

흘리로 흘러들어도 절벽
진부령으로 흘러내려도 절벽
군사분계선을 끼고 사는 우리들
어딜 가도 절벽이네

마등령에서

조재형

눈발이 날린다
마등령에서
설악동으로 내려가지 않고
눈을 맞으며 텐트를 친다

오세암 쪽으로 문을 내고
텐트 안으로 들어간다
아늑하다
영마루는 늘 발길을 머물게 한다

오세암으로 내려가는 오솔길이
눈으로 덮이고 있다
'단풍나무 숲을 향하여 난 적은 길'*도
덮이고 있을 것이다
선사는 어떤 그리움으로 영을 넘었을까

바람이 분다

눈발이 몰아친다

바람을 등지고 문을 내야 되는데

문은 늘 그리움을 향해 열리고 있다

* 한용운의 〈님의 침묵〉 부분.

향로·금강산줄기

향로봉에서 그대에게 1

신대철

　모래밭 부근에서 갈대 끼고 나는 올라가고 그대는 협곡으로 내려가고 서로 엇갈려 생을 나눠 가진 그대와 나*, 그대 아직 기억하는가, 1969년 9월 12일, 유난히 하늘 푸르고 물새들 후다닥 엉키며 날아오르던 날, 사정거리 밖으로 물 흘러가고 갈대 서걱이는 소리 안으로 안으로 들어오다 흘러가고 좁은 강 사이에 두고 총부리 겨눈 채 굳어 있던 우리, 그대가 협곡으로 사라진 뒤에도 나는 해골 굴러다니는 바위 구멍에서 총부리를 겨누고 떨었다. 물새들 제자리로 돌아오면서 갈대 속으로 몸을 숨겼다가 하늘 푸르러지는 2004년 11월 14일, 진부령에서 작전도로를 타고 굽이굽이 긴장된 기억들 돌아나와 향로봉에 올랐다.

　눈길 어둡고 아득해도
　흰 구름 띠 같은 금강산까지
　탁 트이는 마루금
　협곡의 숨은 강줄기들
　동해로 서해로 밀어내고

향로·금강산줄기　233

백두산으로 굽이치는 대간길

그대는 철책 너머 그 어디서
맨몸으로 마주 보는가
우리 있는 곳 그 어디든
사람 사이에 대간길 놓으면
천왕봉으로 장군봉으로
핏속을 달구어 굽이칠 수 있으리
다시 한 번 살아서 한 영혼으로

* 졸시, 〈몽골 북한 대사관 앞을 지나며〉 중에서.

악!
— 향로봉에서

북쪽 끝 봉우리, 향로봉엔
백두대간 리본 대신 아름답게 펄럭이는 태극기와
레이더기지가 있다.

누구를 향해 주파수를 맞추고 있을까?
강릉 앞바다에 좌초한 잠수함?
47소초 앞 지뢰 밟고 죽은 멧돼지?
촛불집회 참석했다 벌금 맞은 후배?
4월 16일의 진도 앞바다?

지리산 덕유산 속리산 소백산 태백산 오대산 설악산 향로
봉 지나
대전차지뢰 밟고 폭사한 멧돼지와
잔밥 통을 노려보며 탄약고 철망에 앉은 까마귀와
농구 시합에 져서 머리 박고 있던 인민군?

— 수신하라, 수신하라

눈길에 허방 딛고 놓친 길 돌아가다
산늪에 잠겨 물잠자리 기다리다
산 깎는 폭파 소리에 침식되다
후투티에 홀려 돌확에 밥 짓다
울다
웃다
금강내기에 생각 날리고 맨몸으로 서면
이름 몰라도 호명하지 않아도 뜨거운 파장으로 가장 깊이
수신되는
남쪽 첫 봉우리, 비로봉이여

실향민 가족도 참전 용사의 가족도 아닌데
북쪽 땅에 발 딛고 가슴 뭉클하는
남쪽 관광객에게 주먹감자 날리던 온정리 소년과
산행길에 이름 불러주던 관폭정 안내원과

—수신하라, 수신하라

철령 추가령 추애산 백암산 마식령 두류산 거차령 철옹산
차일봉 마대산 황초령 부전령 희사봉 후치령 백모봉 두류산
백사봉 북포태산
악!
백두산이여

비무장지대를 넘어
—북쪽의 수현에게 1

최수현

돌아와서도 몇 번이고 다시 넘게 됩니다. 금강산 관광버스에서처럼 지금 몸은 뻣뻣하게 굳고, 눈 커지고, 까슬까슬한 숨 죽이고 철책을 지납니다. 당신도 똑같은 악몽을 꾸었나요? 어린 날의 컴컴한 밤, 적국의 군복을 입은 늑대들에게 쫓기는 꿈. 꿈도 철책을 넘진 못했습니다. 낮에도 밤에도 금지된 땅은 서서히 잊혔습니다. 이제 그 철책을 넘어, 당신이 살아온 땅으로 들어갑니다. 흙먼지 속에 열리는 북방한계선, 저 황량한 너른 벌판에 마음 송두리째 뺏긴 채, 다시 당신을 만나러 갑니다. 밀물처럼 밀려드는 기쁨으로 비무장지대를 넘어.

장전항

윤혜경

장전항으로 흘러들어 온 물살
호텔 해금강이 출렁거린다
밤새 호텔을 밝히는 불빛
밤보다 깊은 어둠 속 군인들의 눈빛

뜨거운 가을 한낮
숨죽이며 지뢰 같은 군사분계선을 지났다
마른 흙먼지 속 녹슨 철로 위로 우뚝우뚝 서 있던 군인들
빈 들판 한가운데 혼불처럼 불쑥불쑥 튀어나오던 군인들
내가 이 땅에서 처음 본 그대들,

  차 한 대 지나지 않는 거리에 하나둘 똑같은 회색 집 드러
나고, 저만치 마른 냇가에 물지게 진 여성 동무, 좁은 골목
깊숙이 고개 숙인 달구지. 그대 삶이 흙먼지 날리며 목으로
넘어오는 동안에도 굴뚝굴뚝마다 연기는 낮게낮게 피어오르
고

구호바위도 지워진 깊은 밤
어둠 속에서 다시 만난 그대 어둠 속으로 눈길 돌리고
나는 철조망 쳐진 산책로 안에 갇혀
그대 침묵 따라 꿈길 따라 걷는다
양양으로, 원산으로, 압록강으로

일렁이는 물살, 숨죽이며 잦아드는 바다
불빛이란 불빛은 모두 지워버리고
까만 어둠 속 새까맣게 물들이며 거대한 새 떼가 난다
지상의 한 무리,
바다를 박차고 날아올라 그 틈에 끼고 있다.

장전항의 별자리

최수현

파도 소리 차갑게 감겨드는 장전항,
새벽으로 가는 터널처럼
까맣게 뻗친 밤길을 걸어갑니다.
갑자기 들려오는 철새들의 비행 소리,
무리끼리 화답하는 소리가
어둠 속에서, 장전항의 시간을 또렷이 물어 올립니다.

숲은
누군가, 그 누군가를 쏟아낼 듯
사방의 어둠을 조여오고
길은 초소로 빠르게 달려갑니다.

불빛,
평상복을 입은 북녘 청년.

나는 떨리는 첫말을 건넵니다.
그리고 듣습니다.

아, 당신이 말하고 있는 나의 모국어를!

철새들 지나간 밤하늘에
당신의 대답이
잊히지 않을 별자리로 박힙니다.

장전항 좀생이별

이성일

오랫동안 바다가 싫었다. 손바닥에 쩍쩍 얼어붙던 리어카 끌고 포구에 나가 어둑해질 때까지 돌아오지 않던 등대호를 기다릴 때도 그랬다. 수평선 아래서 글썽이던 불빛이, 물 위인지 허공인지, 꺼질 듯 꺼질 듯 안쓰럽게 깜빡이던 애태움이 싫었다.

협동호 타고 춘태바리* 나갔다가 납북당한 외삼촌이 불쑥 나타났을 때도 그랬다. 시커먼 그림자를 달고 돌아와, 아버지와 싸우다 술병이 깨지고 피가 터지고, 가라앉지 않던 피를 수압으로 짓누르다 잠수병마저 겹쳐 몸이 굳어갈 때도, 아버지는 차가운 눈빛으로 바다만 바라보셨다.

군사분계선을 넘어 장전항에서 머물던 첫날 밤, 지척에서 떨고 있던 먼 별빛이, 아직 돌아오지 못한 배들의 불빛인 줄 알았다.

인민도로와 관광도로가 한줄기로 만나 흐르던 온정천에서

그 불빛 다시 보았다. 낮에는 안 보이던 사람들이, 높은 담벼락과 비닐 친 창에 가려 보였다 안 보였다 애태우던 얼굴들이, 노란 알전구에 알불처럼 감싸여 창문 밖으로 흘러나왔다. 아버지도 보였다.

의지가지없이, 고향 먼 바다 위를 떠다니다가, 저 불빛 마주 보며 아버지는 혼자서 얼마나 많은 눈빛을 주고받았던 걸까. 당신도 모르게 쓸려가던 뱃머리를 고쳐 돌리다, 몸서리치던 눈빛을 별빛으로 태우며 분단의 파도를 넘어오고 있었던 건 아닐까.

수평선 너머에서
정박한 별들이 닻줄을 올린다

---

*　설날 지나 잡히는 명태. '바리'는 고기 잡는 방식을 뜻하는 순수한 우리말이다. 낚시로 그때그때 잡아 올리는 '연승바리'와 그물로 잡는 '그물바리'가 있다.

교행

손필영

금강산 온천에서 온정각으로 가는 길
산 그림자 덮치자 바쁜 걸음
휙, 나무 사이로 스쳐가는 흰 기운
토끼인가? 바람인가?

휙, 휙,
길이 꺾이는 사거리에
무언가 어둠 속에서 재빨리 튀어나와 사라졌다.
바람도 없는 곳에서 우린
사라진 그림자의 잔상처럼 흔들리고 있었다.

만남
―북쪽의 수현에게 2

최수현

바위 여기저기 부딪혀 울리는 만물의 이름만 슬쩍 듣고 내려온 길, 당신이 서 있었습니다. 수줍은 미소 사이, 눈길을 피하는 고갯짓 사이, 동명이인, 당신의 눈동자에서 발원한 투명한 담 반짝입니다. 당신을 모른 채 살아왔지만 닮은 웃음, 닮은 여자아이, 닮은 아픔이 보입니다. 닮아 있을 우리의 미래도 담 위를 빠르게 스쳐 갑니다. 구름 그림자처럼. 침묵으로 주고받는 우리의 이야기 사이, 한 사람, 만물의 고통을 걷어낸 환한 얼굴로 걸어 들어옵니다. 강렬한 눈빛 쏟아지고, 나도 당신도 그 빛에 이끌려 고개를 돌리지 못합니다. 우린 다시 마주 섭니다. 들리지요? 저 목소리, 낮게 만물상 아래를 울리는 저 목소리. 가서 꼭 안아보라고, 한 핏줄로 피도는 상像을 만들라고.

남과 북의 오누이

윤석영

금빛 햇빛 뒤집어쓴
금강소나무들 사이로

백여섯 굽이 온정령 고갯길로 들어서면 오래전에 잃어버
린 동네가 펼쳐진다. 만물상들이 동네 어귀까지 마중 나와
있다. 국적도 없는 신선들과 도깨비, 자라, 토끼, 매, 말안장
이 함께 북적거린다.

만물상에 뒤섞여 안내를 하고 있는 낯익은 얼굴이 보인다.
지난봄 구룡폭포에서 만난 북쪽 안내원을 알아보고는 반갑
게 인사를 건네는데 당황하는 표정이다.
나도 모르게 뒤집어쓰고 있던 가면을 벗어버리자 그제야
알아보고 서로 울컥해진다. 잘 있었느냐고 잘 있었다고 간단
한 안부를 주고받고 안내원은 만물상에 머물고 나는 천선대
로 향한다.

등 뒤에서 누가 불러 세워?

돌아보면 돌개바람
안내원 쪽에서 불어오고

망장천과 하늘문을 거쳐
천선대를 돌아 나온 남쪽 사람들과
만물상 계곡의 북쪽 안내원들 모두
만물상 구역을 빠져나가고

돌개바람 속, 남과 북의 오누이가
만물상 옆에 물상으로 남아 있다, 국적도 없이

만물상 시화전

윤석영

소백산 능선에서 꿩의바람꽃과 꿈꾸듯 뒹굴다가, 뒤척이
다가

곰배령 한계령풀꽃에 눈 맑아지고
공룡능선에서 흔들리는 구름체꽃에 눈빛 흔들린다.
대간길로 치달아 올라가면 꿈에 그리던 그리운 금강산

만물상 계곡에 금강초롱 환하게 밝혀놓고 산상 시화전이
열렸다. 뜻밖의 시화전에 북쪽 안내원들과 남쪽 방문객들이
신기한 듯 몰려든다. 몰려든 사람들은 너나없이 여백에 이야
기꽃이며 웃음꽃을 그려넣는다. 난데없는 회오리바람이 시
화 패널을 흔들고 계곡을 흔들고 사람들은 바람을 붙잡는다.

잔잔해진 바람이 시화 속으로 불고 기웃대던 꽃들도 가까
이 다가선다. 만물상이 다녀간다. 계곡이 다시 흥성거린다.
곰과 물개가 사이좋게 다녀가고 부처가 다녀가고 지팡이도
다녀간다. 만물상이 다시 만물상으로 돌아간 뒤 패널엔 여백

만 남는다.

만물상 계곡에 시화가 펼쳐졌다, 혼자서는 완성할 수 없는

온정령, 만상을 지워야 넘을 수 있는

이성일

온정령 넘어가면 내강리라죠?

아직은 갈 수 없다는 말에
몰아치는 금강내기에
흔들리지 말자고 다짐하면서
천선대를 오른다.

절부암이 뭐고, 만물상이 다
뭐냐고 중얼거리다, 채
녹지 않아 얼음 같고 눈 같은
그대 모습에 가슴이 에인다.

웅크리고 있어도 피어 있는 그대가
눈꽃 같고 얼음꽃 같아
그대 산다는 내강리로 눈길 넘기다

비틀거린다, 허방 짚은 내게

넌지시 다가와 말 건네는 그대
(마음만으로는 갈 수 없다고,
마음으로만 통일을 바라면 어카겠냐고,)

그대 목소리 벼랑을 울린다, 벼랑 위에
얼어 있던 만물상을 녹인다.

망장천, 마시면 지팡이를 버린다는

김택근

온정리쯤에다 아침을 부리고
망상정에다 가을을 벗어놓고
볼수록 귀기가 빠져나가는 귀면암을 지나
만물상 앞에서 만물을 불렀다

불려 나올 때마다 표정을 바꾸는
인간이 이름 짓고 버린 것들
저희끼리 포효하고 달리다가
인간이 쳐다보면 굳어버리는, 저 침묵

만물상을 지나와
망장천에 올라 샘물을 마시니
만물이 고함을 지른다
(그대, 지팡이를 버려라)

천선대까지 온갖 형상이 따라왔지만
나는 없었다

옥류동

김일영

운무 가득한 계곡

담潭과 담을 붙들고 있는 물줄기

투명하다

아내가 이쁘냐고 묻는 북녀의 눈빛처럼

담마다 옥빛이 고여 있다

얼마나 고여야

말하지 못한 속내 섞일 수 있을까

구름이 산을 빠져나가고

벌레 갉힌 이파리의 생애가 담긴 담 속

소용돌이가 이는구나

들끓는 잎사귀들과

그대와 내가 함께 흐르는

옥류동

첫

장윤서

군사분계선 지나 북한 땅을 밟아봤고
금강산까지 깊숙하게 들어왔는데
아, 나는 비봉폭포
첫 빙폭을 타고 있구나

빙폭 오르는 나를
조마조마하게 쳐다보고 있을 북한 안내원들
나는 여기에서
그들이 있는지도 없는지도 잊은 채
봉황의 등인지 날개인지 꼬리인지도 모른 채
잊고 모르는 나까지도 잊고 모른 채

낙빙! 외엔
아무 소리도 안 들릴 테니
아무 말도 못 할 것이고
내 좁아진 시야에 보이는 거라곤
언제 떨어져 나갈지 확신 없는 피켈과 아이젠

그사이 무뚝뚝하게 마주하고 있는 빙폭과
생과 사는 저 위인지 아래인지
이 떨림이 희열인지 두려움인지
순간의 의문들을 팽팽하게 가로지르는 자일뿐

흔들리지 마
그 경계에서 포기하고픈 마음을 냅다 내리찍어
세 번을 통 통 대며 떨어져도
피켈처럼 몸 전체로
얼어붙은 비봉폭포를 쿵 쿵 세차게 두드려봐
걱정하지 마, 믿어
위에서 누군가 나를 팽팽하게 잡고 있을 테니
저 밑에선 두 눈으로 나를 콱 잡고
내가 허공에서 떨어지며 굴러다닐 때
같이 요동치는 북한 사람들이 있을 테니

처음으로 해보는 빙폭

처음으로 전하는 말
처음으로 들어보는 말
처음으로 보는 풍경들

금강산의 첫 겨울
너도나도 볼이 빨개져가는

비봉을 타다
— 빙폭 3

조재형

연주담은 얼어도 옥빛이다
봉황이 연주담에서 날아올라
세존봉을 넘는 듯
비봉빙폭은 날개를 펼치고 있다

한 발 한 발
깃털을 파고들 때마다
무겁게 끌고 온
선, 선, 선
능선으로 물러나고
북쪽 남쪽 사람들의 눈길
비봉빙폭으로 모아지고 있다

비봉의 날개가
우리를 하나로 보듬고 있다

대간에서 만나는 사람
— '백두대간 금강산 시화전'에서

이승규

햇살 속에서도 덜덜 떨리는 어깨를
찬 바람이 치고 가는 옥류동

등짐 지고 다리를 건너
구르는 옥빛 물소리에 휘감길 때
검은 얼굴, 앙 다문 입술의 북녘 사내가
나를 획 앞질러 간다

그의 뒷모습 놓치고 허위허위
관폭정에 다다라
칭칭 싸맨 시화를 펼쳐놓는다

서성이던 바람이 우뚝 선다
가쁜 숨 차분해지고
폭포 소리에 시화 속 바위, 나무만 술렁인다

그가 다가와 시화 앞에 선다

팔짱 풀고 시구 따라
오대산 설악산 거쳐 향로봉에서
금강산으로 자꾸만 돌아오고 있다
그의 어깨 위에 반쯤 걸친 햇살 대신
각진 얼굴 부드러운 눈망울이 주위 햇살 받아내어
슬쩍 내 눈과 마주칠 때마다 온기를 전해준다

젖은 몸이 훈훈해질 틈도 없이
뒤섞이는 말소리, 폭포 소리 사이로
등만 보인 채 그가 비탈길로 올라간다

꿈틀대던 시구들도 풀이 죽고
서늘한 그늘이 시화에 내려앉기 바로 전
그가 다문 입술 터트려
"오오"하며 읊조린다

"지리산에 살다 죽어도

백두산에 살다 죽는 한 핏줄이여"*

구룡빙폭
—빙폭 2

조재형

구룡연 돌개바람은
구룡폭포를 끌어 올리려다
옥빛 구름빙폭을 만들어놓고
풀어지고
구름빙폭에 매달린 날선 고드름 끝에
매달린 물방울
바르르 떨고 있네

물방울도 고드름도 쳐내고
구름빙폭을 오르고 오르면
상팔담*
담과 담이 빙폭에 매달려 있네

팔담을 오르면 칠담
삼담에 올라서자
햇살이 번지고
모든 담이 하늘로 오르는 듯하네

담에 매달려

선녀를 찾아보네

천화대가 천화대로 보이네

*   구룡폭포 위에 있는 여덟 개의 옥빛담. 나무꾼과 선녀의 전설이 유래한다.

무지개 아이

윤혜경

목란다리 지나 금강문
출렁다리 건너 구룡폭포

그대 환한 미소가 분계선을 넘나들어 설악의 오색인 듯 도
봉의 능선인 듯 익숙하게 걷는 하늘 한 자락. 오르는 길목마
다 고목처럼 서 있는 북녘 안내원. 주고받는 어색한 미소가
분계선처럼 그어지면, 등에 업힌 아이는 어느새 분계선을 지
우고 금강을 한줄기 오색으로 물들이고

출렁다리 내려온 햇살
옥류담에서 눈부시게 떠오른다
세차게 쏟아지는 구룡폭포
구룡연을 흔들고, 사람들을 흔든다

허공에서 내리는 철계단을
동아줄처럼 움켜잡고
가파른 숨 몰아쉬며 까마득히 오르면

막힌 숨 터지는 곳에
옥빛으로 고여 있는 상팔담

　전설처럼 선녀와 나무꾼이 왔다 가고, 금강초롱 따라 이념
도 분단도 모르는 내 아이가 기어다니고, 선한 짐승처럼 사
람들이 오고 간다. 태초로 흘러드는 금강산, 한 핏줄 적시며
스며드는 상팔담, 그 땅에 아이가 환한 무지개로 떠오르고
있다.

상팔담, 물빛

손필영

군사분계선 황색 팻말 옆에서?
검정 고무신 신고 막사 고치던 병사 옆에서?

누가 따라온다. 금강문 지나 계곡 트이면서 안개비에 붙어
누가 바짝 따라온다, 그는 나와 가까워지면 물소리를 듣고
멀어지면 산길을 앞당겨 간다, 구정봉 꼭대기에 올라앉자 그
는 계곡을 내려 본다.
　나무꾼의 눈으로 물을 보고 있는가?
　주위의 숲들 물러나고
　상팔담 네 번째
　투명한 물빛만 떠오른다.

나는 물빛에서 선녀만 보고
선녀만 품어 안고
안개 속을 둥둥 떠다닌다,
바위들 피어난다,
새가 난다, 벼랑이 울린다,

가만히 안개 속에 선녀를 풀어버린다,

그는 사람에 섞여 내려갔다
사람에 섞여 다시 올라온다.

그가 오르락내리락하는 사이
옥빛을 띠는 상팔담 물빛.

봉래산에서 풍악산으로

저와 당신
봉래산과 풍악산 사이에서 만났습니다

상팔담을 향해 가던 가랑빗길 안갯길
그 길에서 헤매고픈 들뜬 마음
늦은 봉래산을 담다가 담다가
목란관, 신출내기 접대원 동무
당신 앞에서 그만 터져버렸습니다
그 맑고 많던 옥류동 계곡물이
들릴 듯 말 듯 한 당신의 북한 억양에 잠기우고
봉래산 연봉들이 당신에게만 몰려들었는지
젓가락에 냉면을 한참 걸어둔 채
수줍은 눈길 살며시 내어주는 당신만 따라갑니다

단풍이 펼쳐집니다
그 작은 귀를 흠뻑 적시고서
당신 양 볼에 여울지다

하얀 목 타고 서서히 번져가는 붉은 단풍
떨어져 있었던 건
시간이었는지 거리였는지
그 듬성듬성한 사이사이를
곱게 곱게 물들이는 당신

목란관 떠나 슬기넘이 고개 미인송림을 지나서도 한없이
펼쳐지는 단풍. 길 위에서 손 흔들던 아이들, 웃지 않던 군인
들도 모두 단풍입니다

군사분계선 넘어 남쪽으로 갈수록
짙어지고 깊어지는 단풍길

아, 벌써 절정인가요
한 줄 편지도 못 썼는데
그 붉고 붉은 단풍들을
책갈피로만 남겨야 하나요

위태롭다, 보덕암*

장윤서

1

허공으로
던져진
기묘한 단층 누각

꿈을 깨고
보덕각시를 놓치고
사랑 잃은 몸뚱이가 힘겨워
구리 기둥을 받치고
보덕각시 잊기 위해
오백 년 절벽으로
몸을 띄웠나

그대
관음보살이라도 안고 싶어라
깨달음이 오기 전에

사랑하고 싶어라

2

보덕암 마당가
앳된 북한 안내원 남녀 한 쌍
몰래몰래 서로의 꿈을 꾸기 시작한다

부처님도 다시 돌아앉아 구경한다
보덕암 구리 기둥
흔들릴 듯 무너질 듯

* 회정이 어느 날 꿈에 보덕각시를 만나 사랑을 나누고자 하나, 보덕은 이를 거절
하고 만폭동에서 다시 만나자며 사라진다. 꿈에서 깬 회정은 만폭동으로 가서
못에서 머리를 감는 보덕을 만난다. 반가워 이름을 부르자 보덕각시는 사라지
고, 그 자리에서 파랑새 한 마리가 날아올라 보덕굴로 들어갔다. 회정이 따라 들
어가니 굴에는 관음상이 있었고, 그 옆에 경전이 놓여 있었다. 회정은 이를 보고
깨달은 바 있어 수도에 정진하여 큰스님이 되었고, 후에 보덕암을 세웠다는 전
설이 내려오고 있다.

빛이 밀려온다

최수현

금강산 미인송 숲에서 불어오는 서늘한 바람을
가슴에 새기고
뒤로뒤로 밀려나는
온정리 나지막한 집들을 잊을세라
굳은 침묵에 온몸 기대며
우리는 돌아온다
버스는 덜컹덜컹 넘는다
선, 선, 선, 산,
흰, 바위산,
다시 열리는 남방한계선 지나 바다다
등줄기를 쓰다듬는 듯한 흰 포말,
아직도 여름 빛깔 남아 있는 식물들,
까슬한 눈꺼풀에
낯설게 부딪쳐오는
첫 간판, 그리고 간판

(우린 떠났던 곳으로 돌아온 것일까?)

매끄러운 도로의 진동을 타고
버스는 남쪽도 북쪽도 아닌 길로 질주하고
풍경들은 사라진다, 안녕, 안녕,
만물상 밑에서 출렁이던 그대의 엷은 갈색 눈동자
차창에 차오른다

빛이 밀려온다, 약속처럼, 선언처럼

금강산에 살다 죽어도

신대철

높이 오를수록 땅에 가까워지는
눈잣나무 햇가지 사이로
바위 능선 굽이쳐간다.
고향이 후치령* 어디라는
눈이 서글서글한 동갑내기들
세존봉 쇠난간에 기댄 채
산포대를 따라 삼수갑산으로
넘은 산 넘어가고 넘은 물 건너오다
영마루 앳된 잎갈잎에 가슴 에인다.

나는 벼랑 끝에 엎드려
구름 흐르는 대로
장전항에서 온정리로 들어온다,
풀 매는 할배와 이불 너는 아낙과
뵈지 않을 때까지 흔드는
아이들의 웃는 손에 이끌려
군사분계선을 막 벗어 나온다,

비로봉에서 지리산으로
백두대간 줄기차게 뻗어 내려간다.

오, 지리산에 살다 죽어도
백두산에 살다 죽는 한 핏줄이여

백두산줄기

이도백하

윤혜경

간밤 어둠 속에 찾아들었던 평화로 좁은 골목
산에서 내려오는 안개에 섞여
새벽부터 굴뚝 연기 자욱하다

닫힌 문마다 붙어 있는 낡은 한글 간판
대문 틈으로 보이는 마당엔 가득 올라온 상추며 고추
아직 오가는 사람 없는 좁은 골목길이
고향의 마을 길을 걷듯 정겨운데

문득, 골목에서 튀어나오는 두부 장수의 낯선 말소리
멀리, 아침 장을 보고 오는 할머니들
가까이 올수록 골목 가득 쏟아놓는 낯선 말소리

고향에서 이도백하로 떠돌다 온 길
조국을 기억하는 낡은 한글 간판들이
낯선 말소리들을 지우며
골목골목, 돌아온 길들을 잇고 있다

타이어 타는 냄새

손필영

백두산 자작나무 숲길을 따라
비포장도로로 들어섰다.
멧돼지 가족이 한가히
길을 건너다 누워 있는 사이

해 지기 전에
두만강에 닿으려고
흙먼지 속을 달렸다.

산천어 주려고 기다리는 이 있다고
얼굴은 몰라도 기다리는 이 있다고

덜컹거리는 차에
일렁이는 설렘을 안고
군사작전도로를 타고
조중 국경 근처에 이르렀다.

중국 공안원이

앞을 가로막았다.

타이어 타는 냄새가 훅 끼쳐왔다.

국경

최수현

참 먼 길이었어요. 푸른 옛꿈을 꾸는 듯 하늘을 향해 쭉 뻗은 백두산 자작나무 숲을 지나, 더위와 땀과 혼란이 뒤범벅된 먼지 속에서도 이상하게 서늘한 기운이 돌던, 버석거리는 들판 길을 달려, 이야기가 퐁퐁 피어날 것 같은 웅덩이. 여기가 두만강 발원지 맞나. 여름 한낮이 갑자기 소란스러워질 때 수풀을 헤치고 당신이 불쑥 나타났지요. 웅덩이를 사이에 두고 주춤 인사했어요. 햇빛에 바랜 당신의 군복과 여윈 몸, 그을린 미소가 믿을 수 없이 가까웠지요. 우린 니하오라고 하지 않고, 헬로우라고도 하지 않고, 안녕하세요라고 분명하게 말했지요? 목소리들이 부드럽게 섞이고 수줍은 웃음소리가 피어나고, 한반도 남쪽과 북쪽의 고향 이름이 지도에서 튀어나와 생생한 냄새를 피우며 다가올 때, 우린 어슴푸레 고향의 발원지에 도착한 것 같았지요. 달러와 산천어의 약속이 웅덩이를 오가는 사이, 깊은 샘물에서 솟은 듯한 서늘한 기운이 우리를 감쌌고 모두의 얼굴은 땡볕 아래에서도 시원하게 반짝거렸어요. 그 순간 보고 말았습니다. 당신의 어깨를 무겁게 누르던 낡은 무기. 우리가 함께 내려놓았지만 아슬아슬하게 나와 당신 사이를 조준하던 총구의 번득임을.

백두고원 자작나무 숲

윤석영

　백두고원, 자작나무 숲에 안개가 내린다. 제멋대로 자란 풀들이 야생동물의 갈기처럼 길게 뻗어 있다. 숨소리마저 삼켜버리는 숲의 고요에 온몸이 서늘해진다.

　자작나무와 안개가 분간이 안 되는 자작나무 안개 숲, 고요 속에서 호랑이 한 마리가 슬며시 걸어 나온다. 백두대간의 등줄기를 닮은

　눈발처럼 떠오르는 안개, 고원을 밀어 올리는 안개, 둥둥 떠올라 아득해지는, 안개 숲에서 가까스로 빠져나오자 어슬렁대던 호랑이가 다시 자작나무 숲속으로 걸어 들어간다.

　거친 입김을 안개로 풀어놓고서, 숲이 잠시 들썩였다 가라앉는다.

침대*가 되지 말고

아침을 밀어 올리던 잎갈나무잎이 낙엽으로 떨어진다. 낮
에 바스락거리던 낙엽들이 이내 잠드는 고요, 바짝 말랐던
돌들도 금세 축축해지는 백두산 원시림

늪지처럼 빠져드는 숲속, 죽은 나무에 뿌리내리고 새잎 틔
우는 어린 나무들 지나 금강대협곡을 찾아간다.

뿌리가 드러난 나무들이 협곡 아래로 흘러내리는 붉은 흙
을 겨우 붙들고 있다. 숲속에서 들려오는 통나무 쓰러지는
소리가 협곡을 뒤흔든다. 온몸이 서늘해지도록 심장을 울리
는 소리, 침대가 되지 말고, 침대가 되지 말고

침대들 사이에서 심장 소리만 쿵쾅거리는데
등 뒤에서 어린 장대 하나가 슬며시 숲을 빠져나간다.

---

* 산속에 죽어서 쓰러져 있는 나무를 '침대'라고 하고 그 위에서 자라는 나무를
'장대'라고 하는데, 북에는 '침대가 되지 말고 장대가 되라'는 말이 있다.

두메양귀비 옆으로

최수현

자작나무 숲이 둥근 하늘을 하얗게 받치는
수목한계선부터 풀빛들이 번져간다.

이도백하, 집안, 두만강을 거쳐 온
무겁고 헐거운 등산화 벗고
풀밭에 부르튼 발바닥을 가만히 올려 본다.
먼 땅 하늘 길, 국경 길 거쳐 오며
다른 몸이 숨어들고 있었을까?
딱딱한 무릎관절이 풀리면서
어린 발이 쏙 빠져나와 흔들린다.

심해에서 수면으로 막 떠올라 숨 내뿜는
흰긴수염고래 긴 등 같은
고래등능선을 맨발로 걷는다.

발목까지 에이는 축축한 푸른 기운
고래등에서 다시 바뀌는

눈부시다는 말, 시리고 아리고 따갑다?

화산재 매운 내 나는 아지랑이 바람이
천문봉 넘어 높디높던 백두산으로 불면
두메참꽃 군락 일제히 휩쓸린다.

만주 벌판 아득한 흑풍구 지나 녹명봉,
장백폭포 아래로 우렁차게 낙하하는
천지 물줄기 소리 들으며
이대로 천지까지
두메양귀비 옆으로
노랑나비 날개 펼친 꽃잎처럼 가볍게

흔들리며 장군봉까지 걷고 싶다,
장백산에서 백두산으로.

눈 속에 핀 초원

윤혜경

초여름, 하얗게 눈 덮인 계곡 따라
장백폭포 물줄기 거슬러
달문으로 올라왔다

넓게 펼쳐진 눈 위엔
무릎까지 빠지는 깊은 발자국들
흐린 하늘 속에서 햇살은 나왔다 사라지고
걸을수록 눈길에 휩싸여 사람들은 천지로만 걷고

사방을 둘러보면
눈 녹은 바위 곁, 여기저기
언 몸 일으키며 파르르 올라오는 푸른 잎들
내 길을 묻고 있다

어디로 가려고?
무엇을 보려고?

따라오던 새소리 잦아든다
숨을 고르자
흐린 하늘을 뚫고 쏟아지는 햇살
초원이 들썩인다

눈 속 가득 꿈틀거리며 밀려오는 푸른 잎들이
언 땅을 흔들며 천지로, 천지로 달려간다

승사하를 건너며

손필영

철벽봉 아래 너덜 지대에서
바위종다리가 운다, 그 소리 받아
두메양귀비 하늘거린다.
생토끼도 도망가지 않고 울고 있다.

종덕사 터 암반 밑에는 팔월에도 녹지 않은 눈
봉우리 봉우리들 쑥 올라가고
천지물막이 출렁거린다.
물가 이끼 부드럽게 스치고
천지사방에서 풀려나와
하얗게 부서지는 우랑하
발목을 타고 오르는 찬 기운
물길 한가운데 서서 잠시 나는 얼었다.

잊고 있었던 아픈 음성들이 들려온다.
사할린, 하얼빈도 다가온다.

천지 가는 길

김일영

더듬더듬 가는 길
자작나무 꿈길로 들어서면
백두산 자락을 붙들고 어둠이
허연 길을 내어놓고
길가에 속살 내놓은 채 뒤틀린
키 작은 늙은 나무
생을 견디는 몸짓 숨이 가빠옵니다

산에서 생풀을 씹어 넘기며
기회를 엿본 지 보름 만에 야밤도하
용정으로 숨어들었다는 리명희
탈북에 성공했지만
여전히 위태로운 자신과
저쪽에 일곱 살 난 아들이 있다며
흘리던 눈물에 대해
초원의 노란만병초에게조차
말하지 않았습니다

바래지 않는 천지 남색 같은
우리들의 바람을 깊이 간직한 채
언제까지 가야 한다고
아들을 다시 만나야 한다고
졸아든 가슴을 쓸었던 그 시간을
이제 초원에 내려놓습니다

무슨 암시처럼
달문을 통해 자신을 흘려보내며
혹한과 흑풍을 견디는 천지
오래도록 지켜본 두메자운이
그렇게 졌다가 또 피었듯
그대의 삶이 여기 천지에
한 송이 꽃으로 피어 있는지도…

백두고원

김일영

기억 저편에 있는 그대를 불러내
자작나무 숲속 나란히 걷다가
백두고원에서 그만 길을 주고 싶다
들어가면 귀가 멀 것 같은 고원의 고요
지작나무 자작거림은 고요 속으로 사라지고
하얗던 마지막 능선마저 햇빛 속으로 잠기면
백두고원에 남은 건 그대 생의 열망들

백두산 넘어온 햇살을 하루 양식 옥수수 한 움큼만큼 손에
쥐고 북쪽 산자락쯤에서 초병의 눈을 피하며 "살아야 한다"
"아들이 있다" 스스로에게 주문을 걸며 두만강을 넘어 용정
으로 청도로 다시 심천으로 몸을 낮추었는데 고향에서 폭력
을 일삼던 남편의 제보로 강제 북송 되었다고

빛의 알갱이들이 살아야 하는 사명처럼
백두고원에 쌓이는데
하늘에 그대 얼굴 나타났다 지워지며

남겨지는 아이 하나

한 아이가 뛰어가는 백두고원
개마고원까지 환하다

흑비

김일영

천문봉에 선다

아래쪽에 천지가 있겠고 건너에 장군봉이 있을 게다

바람이 분다

운무가 흐르면서 천지 살짝 보인다

백두산에 와서도 백두산은 보이지 않는다

흑비가 총알처럼 몸에 박힌다

생각은 바람을 타고 흘러간다

바람의 끝에는 나보다 앞서

형형한 눈빛으로 백두산을 바라본 사람 있었다

무장항일독립전쟁의 불을 담긴

백두산 호랑이 홍범도 장군

역사는 흑비에 젖는다고 잊히는 것은 아니다

신음처럼 검은 피가 흘러내린다

장군봉에서 흘러온 운무

뒷머리를 스치고 간다

뭐하러 왔는가고

돌아보면 아무것도 보이지 않는 백두산

흑비만 내린다
나는 가다 말고 한 번 더 돌아본다

백두산을 감싼 운무 속에
저격수의 눈빛 장군봉에서 번뜩이고
숨긴 숨소리 돌 틈 사이 산들꽃으로 피고 있다
흑비처럼 쏟아졌을 일제의 총탄
나는 흑비를 맞는다

천지의 봄

이승규

가랑비가 진눈깨비로 바뀌는 동안
검은 땅에 흰빛 두른 자작나무들
모여 있어도 혼자 서 있네

혼자 가다 뭉쳐 걷는 백두산
눈덩이 쏟아지고
폭포 부서져 내려도
한 줄로 뻗어 솟아오른 절벽 길

승사하 따라
야생화 천지일 천지 가엔 눈밭 길
푹푹 무릎 빠지면서도
백두산 하얀 천지 하얀 연봉에
눈길 붙박이네 기둥처럼 온몸 굳네

끌어안듯 천지에 붙어 선 사람들
화끈대는 가슴속 불덩이가

얼음 덮인 천지를 어른거리네
발치에 서서히 녹아내린 물줄기가
폭포 만나 만주벌 적시는 송화강에 흐르고
눈바위 틈에 피어오른 수증기
구름 되어 달리다 제비꽃 핀 지리산 마을
빗방울로 떨어진다면

맞이한 이가 누구든
정수리가 얼얼해지리
눈과 언 햇볕 사이 꽃망울 트고
얼어붙은 천지
천지 풀리기 전엔

한 핏줄로 흘러가라고

조재형

담자리꽃 군락, 만병초 군락
군락과 군락으로 모여 피는 백두고원
우리는
국적과 민족 사이를 왔다 갔다 하며
등산화 벗고, 양말 벗고
맨발로 걸었습니다
국적을 떠나 우리도 군락을 이뤄보려고
조선족 소수민족으로 독립군을 이야기하고
분단된 민족으로 통일을 이야기했습니다

그대가 천문봉으로 말하고
내가 장군봉으로 말해도
아! 천지는 푸르기만 했습니다

천문봉, 천활봉 넘고 넘어
절벽을 내려와 통천하에서
온몸 시리도록 서 있었습니다

통천하 시린 물속 만주실말,

물결 따라 절규하듯 몸부림치고 있었습니다

건너지 말고 흘러가라고

만주 벌판으로, 광야로 흘러가라고

한 핏줄로 흘러가라고

백두대간을 부르다

장윤서

저 장군봉 너머
활자로만 넘나들던 낯선 고원들과 산 이름들
뱉어지고 집어삼키며 휘몰아치다 고요해지는
그 처절하고 경이로운 대자연의 숨결들

마주해도 다가설 수 없는 시간을
발에 담지 못한 북한의 계절들을
뭐라고 불러야 하나

6호 경계비 주변을 서성거리는
오래전부터 장백산이었던 조선족들과
오래전부터 백두산이었던 한국인들
이 산의 이름은 누구에게서 온 것인가
북한 쪽으로 점점이 사라져간 발자국들은
서로에게 어떤 사람으로 들어가 있을까
침묵마저 조심스러운
사람 사이 6호 경계비

천지의 여름을 기억하는 개인들은

천지의 눈얼음 속에서도

하늘거리는 야생화 군락을 불러올 텐데

우리는 우리의 기억이 있는가

우리는 휴화산인가, 아니면

오래전부터 사화산이었던가

6호 경계비 주변

존재하지만 기록되지 않는

우리의 이 서성거림을

뭐라고 불러야 하나

백두대간이라고 불러야 하나

백두대간이라고 불러야 하나

침묵의 경계에서도 멀어져간 발자국의 주인들도,

백두산은 알고 있지만

백두대간은 잘 모르겠다는 조선족들까지

이 산 제일 높은 봉우리는
모두 다 장군봉이라 부르는데

고수 향 짙은 낯선 식탁
아직까지도 먹먹한 듯한 고막 위로
서로에게 낯선 한국말이 흩날리는 산행 뒤풀이
돈 벌러 한국 간 연락 뜸한 아내
해란강 일대 골프장을 만드려는 잇속 빠른 한국인
너무도 당당해 걱정된다는
서울에서 취직한 싸구려 사글셋방 딸아이까지
잊을 만하면 나오는 중국 요리처럼
국적을 슬금슬금 밀어내며 나오는 일상들

마음 저린 그 현실도 낯선 것이었으면
저들은 도대체 나에게 어떤 사람들이기에
쉽사리 술잔을 들이킬 수 없는가
왜 편안한 관광객이 되지 못하고

자꾸만 저들의 한국말에 흔들리는가

하지만 여기까지
분노하기보다는 불편한 정도까지
슬퍼하기보다는 답답한 정도까지
나도 그들도 알고 있다
한국에서의 한국인들을 조선족들을
중국에서의 조선족들을 한국인들을
그래서 감춘다
서로가 무엇인가를 감춘다는 걸 알고 있다

우리 혀, 안쪽까지 깊숙이 자리 잡은
수많은 경계비들
먹먹한 가슴은 여기에서부터 시작되는가
멀지도 가깝지도 않은
애매한 거리에서 오는 것인가

이마저도 백두대간이라 불러야 하나
백두대간으로 부를 수밖에 없는가

경계비 주변을 서성거렸던 발자국들도
화이트아웃에 가려지고 덮였을 밤
체감온도 영하 45도
천지는 온통 얼어 있어도
장군봉은 장군봉이리라

끊기지만 말자고
연신 첨잔을 해대며
잊지만 말자고
한국인 동생 위해 중국말 최대한 밀어넣고
낯선 음식도 웃음쌈 싸서 입 안을 채우며
먹먹한 가슴들 밤새도록 태우다 보면
자연스레 가슴 앞으로 두 손이 포개지리라
노래인 듯 기도인 듯

연락 뜸한 아내가 돌아오리라

맘씨 좋은 남한 사람 조선족들

덩달아 북한 사람도 불려 나오고

현실을 대수롭지 않게 받아넘기는

회식 자리 술 약한 척할 줄도 아는

어느새 다 커버린 딸들도 아들들도 몰려오리라

우리 언젠가는 천지에 지천으로 핀 야생화를 보며

서로 미끄러져 들어갔던 얼어붙은 천지를 불러오리라

당신들은 당신대로

나는 나대로

얼어 있으면 얼어 있는 대로

꽃이 피면 꽃 피는 대로

경계는 지워지는 게 아니라

잔물결처럼 드리워야 하는 것

이 밤에도 백두대간은

눈폭풍의 장군봉에서

천지를 휘휘 감고 내달리리라

경계비를 훌쩍 넘어

조선족 누님의 아버님 고향 함경북도를 지나

북한 사람들 사나운 꿈자리까지 거머쥐고서

금강산 넘어 철책선을 힘차게 뚫고 가리라

지리산 능선이 활짝 펼쳐 보이는

조선족 형님 고향 함양까지 쏟아지는 걸로 모자라

북한산 인수봉 밑 우리 집까지 다다르고도 숨이 남아

꽝꽝 얼은 천지를 우드득 씹어 먹으며

다시 북쪽으로 치올랐던 타는 갈증을 풀다가

어느새 지리산 천왕봉에서 자신을 부르고 있는

또 다른 자신과 긴 안부를 다시 내달리며 물으리라

쉴 새 없이 쏟아지는 눈폭풍

내일을 몰라도 용서되는

술에 취한 어린이들의 찰나 같은 밤
어디서부터 시작됐는지
어디까지 다다라야 끝이 날지 모를
이야기를 시작의
노래를 끝의
기도를

백두대간
백두대간이야
백두대간이라 부르리라

백두산 천지 1

신대철

검은 바위산에서 돌들 굴러 내리고
검은 바위산 사이에서 폭포가 쏟아진다

　물살에 손을 얹으니 물줄기만 비치던 폭포에서 솔바람 쓸리는 소리가 울려온다. 솔바람 소리는 손을 타고 몸속으로 들어와 온몸을 쓸다가 쏴아쏴아 이마로 피로 몰린다. 방앗간 창고로 사람들 붙들려 가고 문 닫히고, 불, 불, 외마디 소리, 그날 우리는 담을 넘어 얼마나 오래오래 운동장을 달려갔던가, 솔숲에서 교실 마루 밑으로 기어 들어가 먼지 쌓인 곳에서 숨 가라앉히며 무엇을 기다리고 있었던가, 그때 거기 팔꿈치에 걸리던 낡은 지리부도에서 마주친 함흥, 회령, 장백 폭포, 폭포를 놓고 우리 것인지 아닌지 서로 다투던 피난민 아이와 창식이 형, 그해를 못 넘긴 그들은 천지 어디서 다시 만나고 있을까.

　솔잎 하나 보이지 않아도
　솔바람 소리 그치지 않고

푸드득 날아오르려다
달문에 주저앉는 새 두 마리

눈안개에 잠겨가는 봉우리마다
영산이 깃드는 동안
장백산에서 백두산으로 옮겨 앉다가
새 문득 사라진다.
솔바람 소리도 통천하에 씻겨 내려간다.

천지는 눈, 눈, 얼음

장군봉에 햇빛 들락말락 하고
굽이쳐오던 금강산, 지리산이
눈보라 속에 묻힌다.
나도 묻힌다.

천지를 향해 올라오는 눈길만 눈부시다.

빗방울화석 시인들

신대철 1945년 충남 홍성 출생.

김택근 1955년 전북 정읍 출생.

김일영 1958년 전남 순천 출생.

김홍탁 1961년 서울 출생.

손필영 1962년 서울 출생.

조재형 1964년 충남 당진 출생.

윤석영 1964년 충남 당진 출생.

이성일 1967년 강원 주문진 출생.

윤혜경 1969년 서울 출생.

최수현 1970년 전남 여수 출생.

이승규 1972년 서울 출생.

박성훈 1975년 강원 묵호 출생.

장윤서 1975년 서울 출생.

한국호 1983년 경남 김해 출생.

오하나 1983년 서울 출생.

김연광 1986년 충남 홍성 출생.

316

빗방울화석 백두대간 시집

혼자 걸어도 홀로 갈 수 없는

ⓒ 빗방울화석, 2018

초판 1쇄 2018년 10월 22일 펴냄

지은이 빗방울화석 시인들
펴낸이 조재형
표지 박지훈
제작 정원문화인쇄
펴낸곳 빗방울화석
등록 제300-2006-188호(2004.12.13)
주소 경기도 파주시 교하읍 문발리 파주출판도시 535-7
전화 010-3757-5927
이메일 kailas64@hanmail.net

ISBN 979·11·89522·00·1 (03810)

이 도서의 국립중앙도서관 출판예정도서목록(CIP)은
서지정보유통지원시스템 홈페이지(http://seoji.nl.go.kr)와
국가자료공동목록시스템(http://www.nl.go.kr/kolisnet)에서 이용하실 수 있습니다.
(CIP제어번호 : CIP2018029806)